AF286499

Der Zitronenfalter
Käthe Klewin erzählt aus ihrem Leben

Der Zitronenfalter

Käthe Klewin erzählt aus ihrem Leben

Widmung

"Ich widme dieses Buch meinen Kindern Silke und André, meinem Ehemann Hubert und all den Menschen, die sich mit ihren Erinnerungen mit diesem Buch verbunden fühlen sowie auch diejenigen, die Neues "Altes" erfahren werden. Mir war es als Kriegsgegnerin ein großes Bedürfnis, diese Erinnerungen und Gedanken für die Nachwelt festzuhalten."

Danksagung

"Mein besonderer Dank gilt Nicky Gronewold, ohne sie wäre dieses Buch nie entstanden."

Der Zitronenfalter

Käthe Klewin erzählt aus ihrem Leben

Impressum

Copyright C 2005 Käthe Klewin

Herstellung und Verlag: Books on Demand GmbH, Norderstedt

Umschlaggestaltung, Satz und Layout: Nicky Gronewold

ISBN 3-8334-2968-2

Biografische Information der Deutschen Bibliothek:
Die Deutsche Bibliothek verzeichnet diese Publikation in der Deutschen Nationalbibliografie; detaillierte bibliografische Daten sind im Internet über <http://dnb.ddb.de> abrufbar.

Inhaltsverzeichnis

DER SPIEGEL

SCHRÖDER CONTRA FISCHER:
Wem gehört
Europa?

Nr. 13/25.3.02
Deutschland 2,80 €

DIE FLUCHT

SPIEGEL-Serie über die Vertreibung der Deutschen aus dem Osten

www.spiegel.de

Der Spiegel brachte im Jahre 2002 eine ergreifende Serie über die Flucht der Deutschen aus Schlesien und Pommern heraus. Dieses Bild traf hundertprozentig, was sich in meinem Kopf aus der Vergangenheit festgesetzt hatte!

Autorin Käthe Klewin

Zu diesem Buch

Frau Käthe Klewin wurde am 29. Februar 1932 in Schedlau, Kreis Falkenberg, in Oberschlesien - dem heutigen Polen - geboren. Bis zur 7. Klasse besuchte sie die Schedlauer Dorfschule - solange es ihr durch den bevorstehenden Krieg möglich war. Sie flüchtete mit ihrer Familie 1945 mit einem Flüchtlingstreck von Schedlau nach Haunwang, Bayern, um sich dort ihre zweite Heimat aufzubauen. Sie erlernte den Beruf der Schneiderin und verdiente damit ihren Lebensunterhalt. Ihre dritte Heimat wurde 1952 die Kleinstadt Gehrden. Im Jahre 1958 heiratete sie ihren Mann Hubert und bekam mit ihm zwei Kinder.

In diesem Buch beschreibt die Kriegsgegnerin eindrucksvoll ihre damalige Heimat und ihre Kriegserfahrungen, die Flucht von Schlesien nach Haunwang sowie die Nachkriegszeit mit ihren eigenen Worten. Der Rückblick auf die Kindheit, die Erfahrungen aus zweiter und dritter Heimat und ihre Gedanken zum 21. Jahrhundert teilt sie dem Leser mit.

Viele Gedichte, Kriegslieder und Bilder aus dieser Zeit sind in diesem Buch zu finden, und die von ihr verfassten Texte sind pur und unverblümt.

1

Käthe Klewin als junge Frau

Vorwort

Ich bin kein Mensch, der gerne im Zentrum einer großen Metropole leben würde, deshalb lebe ich hier in der Kleinstadt Gehrden, in einer ruhigen Straße mit guter Aussicht: Dem Panorama zum Gehrdener Berg.

Ich freue mich, das ich mich damals, im Spätsommer 1951, für meine dritte Heimat, die Burgbergstadt Gehrden, entschieden habe. Hier gibt es Menschen wie den Stadtdirektor Hans Bildhauer und den stellvertretenden Bürgermeister Ernst Mittendorf. Hier wird an den Jahrestag der Opfer des Nationalsozialismus erinnert.

Ich genieße hier die Stille und lausche den zarten Stimmen der Vögel im Geäst von meinem Schreibtisch aus, und meine Gedanken gehen in dieser schönen Maienzeit im Jahre 2004 zurück in meine so vertraute Heimat.

Mich beeindruckte die schöne, weite Natur am Nordrand der Hügelgruppe um Falkenberg. Und ich denke gerne zurück an das Rittergut Pückler mit seinem wertvollen Baumbestand im Landschaftspark, in dem eine alte Eiche, genannt "Pückler-Eiche" unter Denkmalschutz steht. An dieser Eiche fiel Ritter Sigmund Stosch im Zweikampf mit Ritter Wenzel Pückler Groditzki zu Schedlau 1537, errichtet wurde die Eiche 1867. Dorf und Kirchen wurden zum ersten Mal im Jahre 1379 erwähnt . Noch heute fließt die Steinau durch Szydlowiec, unserem ehemaligen Schedlau.

2

Kapitel 1

Meine Heimat und meine Kindheit

3

Ernst Barlach: Der Lesende

Die beeindruckende Bronzefigur

"Begegnung mit dem Buch" nach Manfred Hausmann

Es gibt eine Bronzefigur, die einen lesenden Mann darstellt. Er sitzt vorn übergebeugt, hat die Ellenbogen auf die Knie gestützt und hält in seinen halb gehobenen Händen ein offenes Buch. Sein Kopf neigt sich herunter zu den bedruckten Blättern. Jeder seiner Gesichtszüge - der fest geschlossene Mund, die witternde Nase, die scharf blickenden Augen, die hochgezogenen Brauen, die furchige Stirn, das wirre Haar - deuten auf innerste Hingabe und höchste Aufmerksamkeit, innerste Begierde hin. Es gibt für ihn nichts anderes als sein Buch. Er ist im brutalen Sinne des Wortes "gepackt"...

"Kannst Du lesen, so sollst Du verstehen.
Kannst Du schreiben, so mußt Du etwas wissen.
Kannst Du glauben, so sollst Du begreifen.
Und wenn Du erfahren bist, sollst Du nützen."

Johann Wolfgang von Goethe

4

Hubert und André Klewin vor der alten Eiche im Schedlauer Schloßpark

Mein Hobby - dieses Buch!

Das Jahr 2004! Endlich ist die lange Winterzeit vorbei, wieder einmal ist er dem Frühling gewichen. Alle Gärten und Hecken blühen gelb, weiß und rosarot. Alle Bäume stehen in ihrer schönsten Blütenpracht. Ich genieße die Stille hier zu Hause, in der hübschen Kleinstadt Gehrden. Mein Mann, der seit 1953 Gehrdener ist, ist mit seinen 71 Jahren das älteste aktive Mitglied des Radsportvereins "Stramme Kette", er meistert auch heute noch lange Radstrecken mühelos! Und während er sonntags unterwegs ist, nutze ich die Zeit für mein Hobby. Seit ich vor einigen Jahren eine schwere Augenkrankheit bekam, mußte ich mich von meinem in der zweiten Heimat erlernten Beruf der Damenschneiderin trennen. So begann ich zu schreiben - auf meine Art eben - obgleich mir eine Gehrdener Freundin sagte: " So etwas liest doch keiner." Ganz egal war mir das nicht, und so erzählte ich es meinem behandelnden Arzt und dieser meinte: "Was liest man denn? Warum stellen Sie ihr nicht diese Frage?" Recht hatte er.

Wer Tagebuch führt, lebt gesünder

Schreiben ist eine Form von Therapie. Stress wird abgebaut. Wer seinem Tagebuch die Belastungen seines Alltags anvertraut, lebt wirklich gesünder. "Den Kummer von der Seele schreiben", das baut inneren Stress ab und stärkt dadurch das Immunsystem des Körpers. Sogar das Selbstbewußtsein steigt. Psychologin Dr. Angelika Fass aus Hamburg meint, daß das Tagebuchschreiben ein Ventil ist. Frauen können Ihre Gedanken ohne Umschweife und störungsfrei

Die alte Eiche im Schloßpark zu Schedlau

formulieren. Schreiben hilft, die Gedanken zu sortieren und stärkt das Selbstbewußtsein. Wer schreibt, der folgt spontan seinen Ideen und kann dadurch sogar Lösungen für bislang scheinbar unlösbare Probleme finden. "Wer seelische Belastungen aufschreibt, kommt sich weniger hilflos vor, es entwickelt sich dadurch möglicherweise eine bessere Kontrolle über die belastende Situation" meint Psychologin Dr. Angelika Fass. Wer kreativ ist und sein Seelenheil pflegt genießt eine ganz neue Art der Lebensfreude: "Flow- oder Flusserleben" nennt es der Kreativitätsforscher Dr. Ekkehard Kuhlmei, Universität Fibourg (Schweiz), "und der Geist ist hellwach."

Schedlau/Falkenberg in Oberschlesien

Um meine Heimat zu beschreiben, nehme ich einige wenige, für mich ganz besondere Orte, heraus:

Die alte Eiche im Schloßpark

Respekt vor dieser alten Eiche im Schloßpark zu Schedlau! Da steht sie nach vielen, vielen Jahren noch immer und kann nun so viel erzählen vom Rittergut Pückler. Der Baum des Lebens reckt die Arme hin zum Licht. Es stören ihn nicht die Narben seiner Rinde, was ihm die Zeit und alle Wetter zugefügt haben, es schränkt ihn nicht ein. Die Lust des Blühens als des Lebens höchstes Sein bis zum letzten Blatt empfindet er. Beim Anblick dieses Baumes schweifen meine Gedanken weit zurück in meine Kindheit.

6

Die damalige Stadt Falkenberg

Der Baum des Lebens

*"Der Baum des Lebens reckt die Arme hin zum Licht – es stören
nicht die Narben seiner Rinde – was ihm die Zeit und alle Wetter
zugefügt haben, schränkt ihn nicht ein, das die Lust des Blühens
als höchstes Sein bis hin zum letzten Blatt empfinde."*

R.L. Albach

Die Katholische Kirche von Schedlau und das Gut Schedlau

Einst lebten in meinem Heimatort Schedlau 412 Menschen,
einschließlich dem Grafen Pückler und seiner Gattin sowie ihren
vier Kindern: Ihre drei Töchtern Erdmute, Beate und Heddon und
ihr Sohn Maximilian, das Nesthäkchen.

In Schedlau gab es eine Kirche, ein Schloß, das Gutshaus, eine
Gärtnerei, das Pferdegestüt des Grafen Pückler, eine Schule,
zwei Gasthöfe und den Feuerwehrteich in der Mitte des Dorfes.
In der Katholischen Kirche von Schedlau stand ein eindrucksvoller
Taufstein. Er erinnerte an die Generationen, die hier ihre Taufe
erhielten und dem christlichen Glauben verbunden waren und in
der Gemeinde heranwuchsen. Im vierzehnten Jahrhundert siedelten
sich deutsche Kolonialisten im damaligen Schedlau an. Im Jahre
1379 waren Dorf und Kirche an der Steinau erstmals erwähnt.
Das Gut Schedlau hatte Niklas Pückler von Groditzki 1533 erworben,
seine Familie hatte hier bereits schon früher Besitztümer in Groditzki
und Heidersdorf. Das Gut Mullwitz folgte bald.

7

Der alte Bahnhof in Falkenberg

Im Jahre 1616/1617 ließ sein Nachfahre, Hans Pückler, die alte Holzkirche abreißen und der Italiener Ruco erbaute für ihn die heute wertvolle Kirche als evangelisches Gotteshaus mit spätgotischen Renaissance-elementen. Für die Ausstattung waren der Bildhauer Hermann Fischer und der Maler Konrad Winkler zuständig. Durch die Generationen gelangte die Kirche an die Katholiken. Das Schloß von 1570 ist im 17. und 18. Jahrhundert umgebaut und erweitert worden. Graf Pückler/Erdmann III ließ es durch einen neugotischen Bau ersetzen. Das Schloß hatte einen sehr gepflegten Gutspark mit wertvollem Baumbestand. Vor dem Jahre 1945 stand hier einst das "Pücklersche Herrenhaus" mit seinen vielen Nebengebäuden. Die starken, alten Mauern am Tor vom Schloß könnten viele wahre Geschichten erzählen. Graf Pückler selbst wurde Frontsoldat im zweiten Weltkrieg und er starb wie viele, viele andere Menschen.

Die Stadt Falkenberg und seine Bauwerke

Die Stadt Falkenberg liegt im Flachland einer weiten Lichtung und die Wälder sind klein geworden. So erschien es mir, als ich im Sommer 1998 die Stadt besuchte. Einst war Falkenberg ober-schlesische Kreisstadt. Obwohl er einst der kleinste Kreis war, so war er dennoch der wohl interessanteste. Man erkennt bei genauerem Hinsehen die kleinen versteckten kulturellen Güter, z.B. Dichter und Schriftsteller, die hier lebten. Bekannt waren die hohen Berge bei Klein Schnellendorf mit einer Höhe von 233 m sowie der Mullwitzberg mit einer Höhe von 196 m.

8

Von rechts nach links: Isolde Seewald, Gretel, Adolf und Käthe Arndt mit den Klinnert-Kindern auf dem Schlitten am spielen in der Nähe vom Kindergarten in Schedlau

Im Jahre 1939 hatte der Kreis eine Einwohnerzahl von 40.340 Personen, der sich aus drei kleinen Städten und 75 Landgemeinden zusammensetzte.

Und natürlich bleibt für mich "mein Schedlau" einfach gesagt das schönste Dorf im Kreise Falkenberg. Ein Straßendorf, mit hufeisenförmig angelegten Höfen an der asphaltierten Dorfstraße. Von dort - aus dem wunderschönen Schlesien - mußten meine Familie und ich am 23. Januar 1945 flüchten.

Falkenberg wurde um 1290 gegründet und lag zwischen Oberschlesien und dem fruchtbaren Ackerland von Mittelschlesien. Die imponierende Probstkirche in Falkenberg schließt den Marktplatz ab. Der gotische Bau wurde 1389 begonnen und erst im 15. Jahrhundert beendet. Ein fataler Brand während des dreißigjährigen Krieges machte jedoch eine weitgehende Erneuerung nötig. Im 15. Jahrhundert begann eine starke Polonisierung, in den folgenden zwei Jahrhunderten setzte sich aber der deutsche Teil wieder durch. Sägewerke und Ziegeleien prägten die Wirtschaft.

Zwischen Bäumen spiegelt sich malerisch das Schloß Falkenberg im stillen Teich. Ursprünglich gehörte die hier liegende Burg Herzögen von Oppeln-Ratibor, 1428 von den Hussiten erobert. Der Bau des Renaissanceschlosses begann 1590. Die Besitzer wechselten im Laufe der Jahrhunderte mehrmals. Von Graf von Reibnitz ging es an den Grafen Zierotin und von ihm im Jahre 1779 an den Grafen Praschma. Das Schloß und die Stadt Falkenberg blieben im Krieg bis 1945 unversehrt.

9

Der Mullwitzberg, das Spielparadies für Kinder in Schedlau

Das Jahr 1932, mein Geburtsjahr

Das Deutsche Reich erreichte einen Höchststand der Arbeitslosigkeit: 6,127 Mio. Menschen ohne Erwerb!

Die erste Autobahnstrecke zwischen Köln und Bonn wurde dem Verkehr freigegeben.

Der neue Präsident der Vereinigten Staaten wird der Demokrat Franklin Roosevelt.

Bürgerliche, kriegsähnliche Auseinandersetzungen zwischen Anhängern der NSDAP und der K.P.D., beim Altonaer Blutsonntag, es sterben 18 Menschen.
Bei den Reichstagswahlen wird erstmals die NSDAP die stärkste politische Kraft.

Entführung des 20 Monate alten Kindes von Charles Lindbergh schockiert die Welt. Am 12. Mai 1932 findet ein LKW-Fahrer das Kind tot in einem Wald. 1934 bekommt die Polizei den mutmaßlichen Täter zu fassen.

10. April 1932 - Hindenburg kann im zweiten Durchgang die Wahl des Reichspräsidenten mit 53% der abgegebenen Stimmen die absolute Mehrheit erlangen.

08. November 1932 - Bei den Präsidentschaftswahlen gehen die Demokraten als große Sieger hervor.

10

Von rechts nach links: Herbert Welz, Nachbarskinder, Käthe und Erich im Garten der Welz mit Schubkarre

Meine Kindheit

Für mich begann alles am 29. Februar 1932, als ich in Schedlau, Kreis Falkenberg in Oberschlesien als sechstes von später neun Kindern geboren wurde. Es war eine typische, kalte Winternacht. Meine Urheimat - die nun schon lange umbenannt worden ist - liegt am nördlichen Rand einer Hügelgruppe um Falkenberg. Wer dieses Schedlau einmal mit eigenen Augen gesehen hat, der kann ermessen, welch schöne Kinderjahre uns in dieser Zeit beschieden waren.
Ich denke gerne zurück an die Begegnung mit dem lieben, alten Dorf. Mein Vater Karl Arndt war Landwirt, meine Mutter, Anna Martha, genannt Muttel, war mit den Kindern voll ausgelastet.
Für ihre Arbeit als Hausfrau und die Vielzahl ihrer Kinder - ich habe fünf Brüder und drei Schwestern - wurde sie zu Hitlers Zeit mit dem goldenen Mutterkreuz ausgezeichnet.
Als meine Eltern heirateten, war mein Vater 28 und meine Mutter 22 Jahre alt. Meine älteste Schwester Waltraud, genannt Traudel, ist am 21. Juli 1922 geboren. Dann erblickte meine Schwester Hildegard am 6. Oktober 1923 als Zweitgeborene das Licht der Welt. Endlich kam nach nun zwei Mädchen am 14. Februar 1925 ein strammer Junge dazu. Karl Arndt, der Landwirt, im Dorf zu Schedlau, ist Vater eines Sohnes geworden! Er wurde auf den Vornamen Gerhard getauft. Schon bald gab es ein freudiges Tauffest im elterlichen Zuhause mit Paten, den Großeltern Arndt, und auch die mütterlichen Großeltern kamen aus Heidersdorf, um ihrem Enkel den Beistand zu geben. Gerhard entpuppte sich als ein sehr stiller Junge, dem das Wissen, auch in schulischer Hinsicht, einfach so zuflog.

11

"Großmuttel" Luise Arndt mit ihren Enkelinnen Waltraud (links) und Hildegard (rechts)

Leider wurde er unterfordert, was das Versäumnis meines Vater war. Nachdem kaum vier Jahre vergangen waren, meldete sich am 13. Januar 1929 neuer Zuwachs im Hause Arndt, im Bauernhaus Nr. 8, an. Die Hebamme, Frau Pliefke aus Mangersdorf, kam zu uns und ein weiterer Sohn wurde am kältesten Wintertag des Jahres geboren, mein Bruder Ewald Martin, genannt Ewald. Mein Vater Karl musste einige Briketts im Ofen nachlegen, sogar die Fensterscheiben waren in der kältesten Winternacht seit Jahrzehnten gefroren. Ewald war ein blonder Junge und wurde von allen geliebt. Er bekam die Kinderwiege, in der mein Vater 1893 nach seiner Geburt schon gelegen und seine ersten Kinderträume darin geträumt hatte.

Sein jüngerer Bruder Erich Herbert wurde am 26. Juli 1930 geboren. Später stellte sich heraus, daß er gegen seinen aufgeweckten und lebensfrohen Bruder Ewald weniger Chancen hatte.

Wie bereits erwähnt, war am 29. Februar 1932 meine Geburt. Meine Schwester Margarethe, genannt Gretel, wurde am 29. Oktober 1933 geboren. Am 26.März 1936 folgte Bruder Adolf Hermann und am 31. Juli 1938 Hans Günther, unser Nesthäkchen.
Von nun an gab es für Karl und Martha Arndt einen ausgefüllten Tagesablauf. Karl Arndt hatte einen tüchtigen jungen Nachbarssohn mit dem Namen Helmut an seiner Seite und auch Martha Arndt bekam eine Haushaltshilfe. Und Großmutter Luise war eine gütige und liebevolle Oma.

12

Heute vor dem Försterhaus Grasse:
Von rechts nach links: Hubert und Käthe Klewin und deren polnisch
sprechender Freund Chris

Meine "Großmuttel", die Mutter meines Vaters, Luise Arndt, geborene Klinnert, aus Graase, rundlich und eine gute Oma. Sie wurde 74 Jahre alt. Seit dem Tod ihres Mannes Karl trug sie immer nur schwarze Kleidung. So wie auf dem Bild bleibt sie mir bis heute in guter Erinnerung. Nach dem Tod meines Vaters bin ich oft zum Friedhof gegangen. Zwei ihrer Kinder starben viel zu früh!
Mein Vater starb im Alter von 48 Jahren und sein Bruder Erdmann, der Polizeioberwachtmeister, starb im Alter von nur 31 Jahren im Dorf zu Schedlau. Sie war Mutter von acht Kindern. Mein Vater war von drei Brüdern und vier Schwestern der zweitgeborene Sohn und seine Eltern tauften ihn auf den Namen seines eigenen Vaters, Karl Arndt. So wurde mein Vater als Erbhofbauer bekannt. Er übernahm die Landwirtschaft und seine Eltern Karl und Luise bezogen das Auszugs-haus Nr. 7 im Dorfe zu Schedlau an der Hauptstraße.
Mein Vater mußte als künftiger Landwirt seine sieben Geschwister auszahlen und bei seinen Eltern für einen guten Lebensabend Sorge tragen. Als erfolgreicher und strebsamer Mensch wurde mein Vater in seinem Geburtsdorf zum Oberbauernführer ernannt. Ebenso hatte er die Spar- und Darlehenskasse in Verwaltung. Bei Arndts, im Haus und Hof und im großen Garten, gab es immer viel Leben.
Die Nachbarskinder spielten sehr gerne bei uns. Meine Kinderjahre wurden durch den plötzlichen Tod meines Vaters am 4. September 1941 jäh beendet. Meine Mutter stand plötzlich mit dem landwirtschaftlichen Betrieb und ihren neun Kindern allein da. Der Krieg brach aus und ihr ältester Sohn Gerhard wurde bereits mit siebzehn Jahren zum Reichsarbeitsdienst einberufen.

13

Das Grab von Erdmann Arndt

Ende des Jahres ´42 erreichte Gerhard dann der Stellungsbefehl zum Militärdienst. Das Lied "Es ist so schön, Soldat zu sein" bewahrheitete sich keineswegs. Nach viermonatlichem Drill wurden die jungen Rekruten zum Bahnhof nach Brünn begleitet, dort hatten sie drei Tage Aufenthalt. Ein dreiwöchiger Transport im Viehwagen folgte in die einsamsten Gegenden von Frankreich…und wir mussten es allein, ohne Vater und meinen ältesten Bruder, schaffen.

Der Besuch von Onkel Erdmann

Folgende Geschichte wurde in unserer Familie viele Jahre lang erzählt - und sie bleibt auch mir unvergessen:

An einem warmen Sommertag 1931 kam mein Onkel Erdmann zu Besuch zu seiner Mutter nach Schedlau.Er kam von Waldenburg angereist - ohne Ehefrau und Töchterchen. Sehnsucht hatte er, Sehnsucht nach seinem Geburtshaus. Alles war gut und die Freude war sehr groß. Erdmann war Großmutters Stolz. Er kam in seiner Uniform als Polizeioberwachtmeister. Alles war wunderbar an diesem Tag. Onkel Erdmann ging bei diesem schönen Wetter schwimmen.
Plötzlich versammelte sich eine Menschentraube rund um den Fluß, der Steinau, am Gutsgelände.
Erdmann Arndt ist beim Schwimmen ertrunken. Unzählige Trauergäste wohnten die Beisetzung des Polizeiwachtmeisters Erdmann Arndt bei.

14

Semperts Lebensmittelladen heute, links im Bild Frau Spielvogel

Bruder Erichs ersten Worte

Im Jahr 1930 kam mein Bruder Erich zur Welt. Er war so lieb und genügsam, daß er sich kaum bemerkbar machte. Als Erich 3 Jahre alt war, spannte mein Vater den Pferdewagen an, diesmal nahm er den Korbwagen, und bat meine Mutter, den kleinen Sohn schön warm und sauber anzuziehen: "Jetzt fahren wir drei nach Oppeln zu einem guten Kinderarzt, denn Erich sagt noch nicht Papa und noch nicht Mama. Warum nur?". Kaum hatte Vater zu Ende gesprochen, da rief das kleine Kerlchen laut: "Papa, Papa!". Mein Vater spannte die Pferde wieder aus.

Semperts Lebensmittelladen

Als wir Kinder waren, da gab es Lebensmittel auf Marken zugeteilt, keine Schokolade, keine Südfrüchte, denn es war Krieg. Sicher gab es Menschen, die weniger gut zu essen hatten als wir auf dem Lande und oftmals hungrig zu Bett gehen mußten. Bei uns ist ja auch mal ein Schwein geschlachtet worden, daheim in Schedlau, da gab es Fleischbrühe mit Semmelknödeln und Würste. Natürlich bekam die Nachbarschaft ringsum auch eine Kanne mit Fleischbrühe mit Würsten und frischem Schweinefleisch. Ich brachte die Kannen zu den Nachbarn und als Dankeschön bekam ich dann Pfennige. Als kleines Mädchen mit den Pfennigen fest in den kleinen Händen lief ich zum Kaufmannsladen Sempert gegenüber. Herr Sempert kannte mich und fragte höflich: "Na, Käthel, was wünschst Du?" und ich antwortete ihm "Für zwei Pfennig gemischte Bonbons". Er gab mir zwei Bonbons und lachte: "Aber mischen mußt Du sie Dir selbst!"

15

Das Haus der Arndts mit Brunnen davor

Schwimmen will gelernt sein!

Im Sommer 1942, an der Steinau, die sich wie bereits erwähnt, durch das Gutsgelände des Grafen Pückler schlengelte, lernten meine kleine Schwester Gretel und ich das Schwimmen. Diesmal waren wir zu dritt beim Baden, die etwas ältere Gretel Volger war mit dabei. Vor lauter Freude und Fröhlichkeit bemerkten wir nicht, das der Wasserstand des Flusses gegen 17 Uhr nachmittags bereits beträchtlich angestiegen war. Meine kleine Schwester schrie plötzlich laut auf. Als ich sie erblickte, stand ihr das Wasser bereits halb im Mund, sie drohte zu ertrinken! Wir alle schrien jetzt aus voller Kehle: Hilfe, Hilfe! Ein paar ältere Mädchen, die weiter unten an der Schleuse ebenfalls Baden waren, hörten unsere Hilferufe und eilten schnell herbei. Sie holten die beiden "Gretels" aus dem Fluß, ich bekam plötzlich einen Schwimmreifen zugeworfen. Angst, große Angst hatte ich, denn die beiden Gretels wurden von den größeren Mädchen zur Schleuse gebracht, um sie dort in warme Decken zu hüllen. Ich war allein. Mit angelegtem Rettungsring schwamm ich zum Ufer zurück. Ganz außer Atem lief ich zu den Schleusenkammern und war froh, daß alles doch noch ein gutes Ende genommen hatte. Am darauffolgenden Sonntag kam unser Onkel Reinhold aus Falkenberg zu Besuch, und wir drei Mädels konnten unserer Mutter und ihm unsere Schwimmkünste unter Beweis stellen.
Von nun an schwammen wir sicher, sogar im Fraunteich zu Schedlau, auch ohne Schwimmreifen! Voller Stolz kann ich heute noch erzählen, daß Gretel und ich die einzigen Geschwister waren, die wirklich schwimmen konnten! Warum es die anderen Geschwister nicht gelernt haben, ist mir bis heute ein Rätsel geblieben...

16

Schulklasse mit Lehrer Bosert

Besuch von Lehrer Bosert

Auf dem Klassenfoto ist er zu sehen - Lehrer Herbert Bosert kam zu meiner Zeit, der Schülerjahrgänge 1938 bis zu seiner Einberufung zum Militäreinsatz nach Rußland, an die Volksschule zu Schedlau. Ich traf ihn in seinem Sonderurlaub vom Militär in Schedlau wieder. Zuerst ging er ins Lehrerhaus in Schedlau. Da kam das Fräulein Krause an die Tür und der gutaussehende Herbert Bosert begrüßte sie wenig später in der Wohnung Bosert.
Sie nahm sich seiner Mutter in ihren letzten Lebenstagen rührend an und die alte Frau hatte die junge Lehrerin ins Herz geschlossen. Sie war eine gute Zuhörerin für die alte Dame, die sich um ihren einzigen Sohn sorgte. Die junge Lehrerin kannte den Lehrer Bosert nur aus den Erzählungen seiner Mutter. Nun standen sie sich gegenüber und schauten sich in die Augen. Beide waren traurig, als die nette alte Dame nach schwerer Krankheit verstarb und Herbert, traurig und froh zugleich, in diesen schweren Stunden des Abschieds von seiner Mutter nicht allein zu sein, schloß eine Freundschaft fürs Leben mit Fräulein Krause. Herbert Bosert beerdigte seine Mutter in Schedlau. Fräulein Krause und er wollten jedoch heiraten. Die Kriegstrauung wurde vollzogen. Am Tag nach der Hochzeit mußte Lehrer Bosert zurück an die Front. Und auch für uns kam schon bald der Tag, an dem wir aus Schedlau flüchten mussten, auch für seine Angetraute. Zwei Jahre später, 1947, begegnete ich der Lehrerin Frau Bosert. Sie wollte nach Haunwang zu meiner Mutter, um Auskunft über ihren Ehemann zu bekommen. Die Lehrerin war erstaunt, daß ich ihre Schülerin aus Schedlau war, und sich unsere Wege fast drei Jahre später in Bayern kreuzten, zwischen Haunwang und Buch am Erlbach.

17

Die alte Schedlauer Dorfkirche heute

Immer wieder sagte sie zu mir:" Käthe, Du hast Dich aber verändert. Du, das kleine Mädel aus der Dorfschule, warst damals sehr verschlossen und schüchtern und nun stehe ich einem hübschen, netten und sehr aufgeschlossenen 16-jährigem Mädchen gegenüber! Die Zeit hat Dich reifen lassen, was aber für Dich spricht." Nach dieser unverhofft kurzen Begegnung mußten wir uns rasch wieder trennen, Lehrerin Bosert wollte weiter zu meiner Mutter. Das war die erste Adresse, die sie anlief, um ihren Mann zu treffen, der zwei Jahre lang in russischer Kriegsgefangenschaft war und sich anschließend ein paar Tage bei ihr aufhielt. Er musste Kräfte sammeln und brauchte einfach ein paar warme Mahlzeiten, um den vor ihm liegenden weiten Fußmarsch zu seiner Frau durchzuhalten. Das Lehrerehepaar fand sich schließlich und die Geschichte nahm ein Happy-End. Ihre Ehe wurde mit einer kleinen Tochter bereichert. Später hörte ich leider nichts mehr von ihnen, bald schon ist wohl auch diese Spur verschneit.

Mit 18 in den Krieg

Mein Bruder Gerhard wurde 1925 geboren. Im Alter von 17 Jahren wurde er zum Reichsarbeitsdienst einberufen. Noch bevor er 18 Jahre alt war, erreichte ihn nach Abschluß des Arbeitsdienstes die Einberufung zum Militärdienst. Nachviermonatigem Drill hatte er die Grundausbildung abgeschlossen. Er mußte mit zum Frankreichfeldzug. In Frankreich erlebte er das erste mal die Grausamkeit des Krieges.

18

Käthe Klewin (mitte) und ihre
Tante Ida (r) mit Tochter Hildegard
(l) und Onkel Franz (r)

Käthe mit Schwester Gretel als
junge Frauen

Gerhard wurde an der Front schwer verletzt. Er verlor das Bewusstsein. Nach notdürftiger erster Hilfe wurde er am 29. August mit einem Schwerkrankentransport im Feldlazarett Wittekamp bei Oynhausen ebenfalls notdürftig behandelt, erlangte aber sein Bewusstsein wieder. Zu den heftigen Schmerzen durch Splitter in Gesicht und Beinen bemerkte Gerhard, daß sein guter Kamerad die Explosion nicht überlebt hatte. Er starb in einem Wagen des Roten Kreuzes - er war kaum 18 Jahre alt. Im Feldlazarett wollten die behandelnden Ärzte Gerhards stark angeschwollenen Beine amputieren, jedoch unterschrieb mein Bruder die Einwilligung dazu nicht. Er konnte sich als achtzehnjähriger Mann ein Leben ohne seine Beine nicht vorstellen. Der behandelnde Arzt schickte einen Brief an meine Schwester Waltraud, die ihn trotz der vielen Luftangriffe im Lazarett besuchte. Mein damals 15-jähriger Bruder Ewald fuhr sie mit dem Wagen zum Zug, was schon ein todesmutiges Unterfangen war. Der Besuch von ihr half Gerhard über die unbezwingbar erscheinenden Anfangsschwierigkeiten hinweg. Das tüchtige Ärzteteam konnte unter sehr schmerzhaften Bedingungen die Splitter aus seinen Beinen entfernen. Seine Beine verheilten wieder und im Gesicht blieb eine Narbe auf der Nase zu sehen. Ein knappes halbes Jahr blieb er im Wittelsbacher Hof, dann wurde er Ende 1944 im Falkenberger Lazarett weiter behandelt. Zum Jahresende wurde er KV (Kriegsverwendungsfähig) geschrieben und mußte zurück an die Front, diesmal nach Brünn in der Tschechei. Er berichtete mir, daß er einem seiner russischen Feinde Auge in Auge gegenüberstand und ihm zurief:" So schieß doch endlich" - der Russe schoß Gott sei Dank nicht...

19

Im Jahr 1945 wurde Gerhard dort ein Jahr lang von den Amerikanern inhaftiert, im Sommer des Jahres ´46 wurde er entlassen.
Doch wohin nach der Entlassung?
Da Gerhard Landwirt war, konnte er in Wörth an der Donau bei Familie Krüger seinen Lebensunterhalt auf deren Hof verdienen.
Mein heute 80 Jahre alter Bruder berichtet sehr ungern aus der Zeit von 1939 bis 1946.

Selbstverfasstes Gedicht meines Bruders Gerhard Arndt in Kriegsgefangenschaft, Herbst 1945

Heute in der Nacht bin ich aufgewacht und hab geweint...
Oh, Du stiller Stern, dort in weiter Fern, sei Du mein Freund.
Ich hab Dich, so wonnig und schön, in meiner Heimat gesehn.
Weißt Du was das heißt? Heimweh?
Alles rings umher ist so still und leer, traurig rauscht das Meer vor Heimweh. Weißt Du noch die Bank?
Dort, wo die Amsel sang, am Waldessaume?
Grüß das Dörflein an der Steinau - das ist mein,
grüß mir jeden jeden Baum und jeden Stein.
Und wenn Du meine Mutter siehst,
dann sag ihr nicht, wie mir hier ist!
Es ist Heimweh!

Euer Gerhard, Herbst 1945

20

Vertrieben, gedemütigt, vergessen.

Quelle: Der Spiegel 02/2002

Rückblickende Gedanken am 25. Mai 2002

In ein paar Tagen feiern wir das Osterfest und wir hören: Jesus lebt! Wir brauchen täglich viele kleine Portionen Mut. Mut, Neues zu beginnen, Mut, uns zu entscheiden. Mut, auch einmal "Nein" zu sagen. Hinter all diesem Mut steht aber auch die Hoffnung mit all ihren Gesichtern. Es kann keine Nacht so grau sein, kein Tal so tief und kein Wind so kalt sein, das man Grund hat, den Mut zu verlieren! Das Titelbild "Die Flucht" vom Spiegel (25. März 2002) erinnert an all den Mut, den wir hatten. Genau 56 Tage dauerte unsere Flucht aus Schedlau an. Tage, die man nie vergißt, ein Leben lang. Ich war damals noch ein kleines Mädchen, als wir im "Treck Schedlau" gingen. Einer dieser Planwagen, wie auf dem Titelbild des Spiegels, das waren wir! Meine Mutter, meine Schwestern Waltraud und Hildegard, meine jüngste Schwester Gretel, sie war gerade 11 Jahre alt! Mein großer Bruder Gerhard war, nachdem er im Alter von 17 Jahren seinen Dienst beim Reichsarbeitsdienst geleistet hatte, gleich vom Militär einberufen worden. Er zog zum Feldzug nach Frankreich...irgendwo dort erlebte Gerhard hautnah die Grausamkeit des Krieges mit - aber seit unserer Flucht brach natürlich auch der Briefkontakt einfach zusammen. Gerhard wurde nach seiner Genesung wieder im dreiwöchigen Viehtransporter zurück zu seiner Kompanie gebracht, und seit dem hörten wir nichts mehr von ihm.

Mein Bruder Ewald nahm nach dem Tod meines Vaters 1941 den Platz als Familienoberhaupt neben meiner Mutter ein.

21

Schwester Waltraud Arndt

Nachricht von Bruder Gerhard

März 1945, wir alle nahmen drastische Reduzierungen in Kauf, es gab kaum Lebensmittel, jedoch galt die größte Sorge meiner Mutter ihrem ältesten Sohn Gerhard. Seit Ende 1944 gab es kein Lebenszeichen mehr von ihm. Große Suchmeldungen liefen sogar täglich durch das Radio, zu vielen unserer Verwandten fehlte jegliche Verbindung. Jeder versuchte es auf dem Alleingang, weitere Verwandte aufzuspüren. Endlich führte eine Spur nach Leipzig zu Karl Nökel. Der jüngste Bruder meiner Mutter heiratete 1943 Inge Kirchhübel in Leipzig. Aber Onkel Karl war noch nicht unter den heimkehrenden Kriegsgefangenen der Ostfront. Ende 1946 wurde Onkel Karl Nökel entlassen und kehrte zurück zu Familie und Ehefrau Inge, Söhnchen Jens konnte seinen Papa nun wieder in die Arme schließen.

Seine gesamte Familie befand sich nun im regen Schriftwechsel miteinander. Und dadurch kam für uns auch das Lebenszeichen von meinem Bruder Gerhard. Wir erhielten seine Anschrift. In Windeseile packte meine Mutter ihre Tasche und fuhr mit der Bahn von Landshut nach Wörth an der Donau. Dort angekommen erlebte sie gleich eine doppelte Überraschung: Gerhard hatte während der Zeit des Alleinseins die hübsche Resi kennengelernt.

22

Hochzeit von Adolf und Anni Arndt - von Karl Arndt gibt es leider kein Foto, aber sein Sohn Adolf hat ganz das Äußere von seinem Vater

Mein Bruder Adolf in seiner neuen Heimat

Mein Bruder Adolf wurde, wie bereits erwähnt, im Jahre 1936 in Schedlau geboren. Er gründete in Tiefenbach bei Landshut eine Familie - in seiner zweiten Heimat. Mit seiner Ehefrau Anni und Tochter Margrit sowie der Familie seiner Enkelin lebten sie in Niederbayern glücklich und zufrieden. Natürlich besuchten sie und andere ehemalige Schedlauer - die älteren Generationen in Reisebussen den Ort ihrer Wiege - das Dorf Schedlau. Adolf war gerade neun Jahre alt, als wir aus unserer Heimat flüchten mussten.

Meine Schwestern Waltraud und Hildegard

Meine älteste Schwester Waltraud war stets eine tüchtige Hilfe für meine Eltern in ihrem landwirtschaftlichen Betrieb. Sie half bei den Haus- und Feldarbeiten. Hildegard dagegen konnte sich für diese Arbeit nicht allzu sehr begeistern. Nach unserer Flucht aus Schedlau über Haunwang entschloß sie sich für den Schwesternberuf. Sie gab am Krankenbett unseres Vaters das Versprechen, Krankenschwester zu werden. Sie wurde in Neuendettelsau als examinierte Schwester Diakonissin. Die Arbeit als Diakonissin erfüllte sie mit Freude, Zufriedenheit und Erfüllung. Hildegard wurde Taufpatin für meinen Sohn André.

23

Erlbacher Schützen, Niedererlbach, Karl Jähnel, 1. Schützenmeister, Enkel unseres Treckführers Jähnel

Der Enkel von Treck-Führer Ernst Jähnel

Als ich am 30. Juni 2000 meine zweite Heimat besuchte, sah ich einen Mann, der mir bekannt vorkam. Nur wenige Meter gegenüber, beim Einmarsch der Erlbachtaler Schützen, da stand er, ich wußte, es kann nur der Enkel von Ernst Jähnel aus Schedlau sein. Er sah genau wie sein Großvater aus. Er führte damals unseren Flüchtlings-Treck vom 23. Januar bis zum 17. März 1945 mit fester Hand bis Buch am Erlbach, in unsere neue Heimat - und das war gut so, damals. Es war Karl Jähnel. Dessen Vater hieß Kurt und war ein Schulfreund meiner ältesten Schwester Waltraud.

"Wagen für Wagen schwanken herein,
Scheunen und Böden wurden zu klein,
danket dem Herren und preist seine Macht,
glücklich ist wieder die Ernte vollbracht!"
Zum Erntedankfest in Schedlau 1941

Die Familie Kamolz

Ein langer Weg führt meine Gedanken zurück in die Armut dieser Familie, wo ihr einziger Sohn Karl viel Trauer, Not und Elend über die Familie und gleichzeitig ins Dorf meiner Kindheit brachte. Diese traurige Geschichte ist mir heute noch ganz nah. Sie hat mein Leben geprägt, mein Geist ist hellwach. An diesem schrecklich ereignisreichen Tag wurde mein herzensguter, geliebter Vater schändlich betrogen und seine gutgemeinte und vertrauensvolle Hilfe wurde ausgenutzt - von Karl Kamolz.

24

Erich Arndt und seine Frau Agnes   *Hochzeitsbild von Gerhard und Resi Arndt*

Als ich diese Geschichte einer von mir geschätzten Frau erzählte, antwortete mir diese etwas überheblich :" Daß, was ihrem Vater geschah, das nenne ich Dummheit". Seitdem habe ich eine andere Sichtweise. Ich bin stets Menschen gesonnen, die das Glück nicht hatten, im Elternhaus eine glückliche Kindheit mit gesunden, erfolgreichen Eltern erleben zu dürfen. Und dieses Glück hatte Karl Kamolz leider nicht. Er wohnte auf engem Raum mit Vater und Mutter. Sein Vater ging in den Mullwitzberg. Die Bergarbeit war hart für Herrn Kamolz, er war von schwacher körperlicher Gestalt. Er wurde kränklich und dieser Armut entzog sich ihr einziger Sohn. Er wollte hinaus in die Welt. Im Alter von 20 Jahren versuchte Karl Kamolz sein Glück in Berlin. Sein gutes Äußeres gab ihm Chancen im Hotelbetrieb. Er ging diesen Weg und stieg sogar zum Zimmerkellner auf und glänzte in seiner Heimat durch Abwesenheit. Lange Zeit war er seinen Eltern und dem Dorf seiner Kindheit ferngeblieben. Eines schönen Tages kehrte er plötzlich zurück.
Wie selbstverständlich bekam er Achtung im Dorf. Redegewandtheit und gutes Aussehen waren aber nicht seine einzigen Eigenschaften. Schon bald nahm Karlchens Schicksal seinen Lauf. Zuerst besuchte er seine kränkelnden Eltern, dann kam er auf unwegsamen Wege in das Haus meiner Eltern und bat meinen gütigen Vater um Hilfe. Mein Vater empfing ihn allein in unserem Wohnzimmer. Karl hatte große Geldprobleme und ein Ultimatum seiner Gläubiger saß ihm im Nacken. Er brauchte schnellstmöglich Geld, denn wenn er seine Schuld nicht beglich drohte ihm eine Haftstrafe. Allein jedoch konnte mein Vater nicht helfen und hatte die Idee, fünf weitere

25

Von links nach rechts: Waltraud, Muttel, Tante Ida, Käthe Klewin beim Spaziergang durch Gehrden

Landwirte zu Rate zu ziehen, um zusammen die Summe aufzubringen, die Karl verschuldet war. Mein Vater, im Amt der Bauernführer, ließ fünf Landwirte im Gemeinderat zusammen kommen. Die Landwirte setzten sich im Oberraum der Gaststätte Klinnert, die bei uns gegenüber war. Hier wurde um eine Lösung von Karls Problem beraten. Karl Kamolz hatte sich hoch verschuldet. Sein Schuldschein belief sich auf 6.000 Reichsmark, für 1936 eine hohe Summe Geld. Karl Kamolz erzählte diesen ahnungslosen, gutgläubigen Landwirten eine glaubhafte Geschichte. Mein Vater und die weiteren fünf Landwirte waren bereit, ihm bei seinem Problem behilflich zu sein. Niemand glaubte an betrügerische Absichten von Karl Kamolz. Jedoch wurde Karl als Hotelbetrüger und Dieb edlen Schmucks gesucht. Das hatte ein schlimmes Ende. Dieses hatten die Landwirte nicht gewußt, sie gaben ihm ein zinsloses Darlehen von 6.000 Reichsmark auf Zeit. Karl legte jedem der Landwirte einen Schuldschein in Höhe von 6.000 Reichsmark vor, den jeder unterschrieb. Alle Schriftstücke waren beglaubigt - und da meinem Vater die Spar-und Darlehenskasse oblag und er Vertrauen in den Jungen setzte, folgten ihm die fünf Landwirte. Karl bedankte sich und verschwand - auf schnellstem Wege! Kaum war Karl Kamolz von dannen, entdeckten die Landwirte einen Betrug! Das Schriftstück betrug für jeden Landwirt 6.000 Reichsmark, nicht wie vereinbart die Gesamtsumme von 6.000 Reichsmark. Karl hatte sechs ehrenwerte Landwirte um 36.000 Reichsmark betrogen. Mein Vater wurde dafür mit Wutausbrüchen der fünf Landwirte mit geballten Faustschlägen bestraft! Ich habe Vaters Selbstbewußtsein nie

26

Mit Pferdegespann zur Heuernte

beschädigt gesehen, aber bei seinem Anblick, als sie Vater heimbrachten... seiner Hilflosigkeit, seinen heftigen Schmerzen und starken Blutungen im Gesicht, da habe ich mich doch sehr erschrocken! Die Verteidiger konnten sechs unbestrafte Landwirte nicht freisprechen. Dem Übeltäter Karl Kamolz drohte das Zuchthaus. Der ehemalige Dorfjunge verlor in der Großstadt Berlin die Kontrolle über seine Genügsamkeit. Der Reiz der Edelsteine, der Schmuck seiner Gäste, forderte seinen Tribut und er wurde zum Dieb. Das Leben warf ihn aus den Gleisen. Er tauschte Edelsteine und Brillanten und gegen Jahrmarktsteine aus. Die Hoteldetektive ertappten ihn und legten ihm das Handwerk - jedoch zu spät! Karl konnte die ihm auferlegte Zuchthausstrafe nicht absitzen. Er beging Selbstmord in seiner Zelle. Seine arme Familie überlebte diesen Schock, die Schande ihres Jungen nicht. Zuerst starb sein Vater. Kurz darauf starb seine Mutter an den Folgen des Grahms. Ich verlor meine eigene Großmutter im Alter von zwei Jahren, und die Kamolz-Mutter war Großmutter Luise äußerlich und in ihrer liebevollen und gütigen Art so ähnlich, daß sie immer meine "Ersatz-Großmutter" war. Ihre warmherzigen Augen sind mir noch in guter Erinnerung. So wurde eine Familie aus dem Dorf plötzlich ausgelöscht... Das ganze war ziemlich bedrückend für uns, besonders für meine Mutter, die im 5. Monat schwanger war. Sie gebar im März 1936 meinen Bruder Adolf. Obwohl Karl in Armut aufwuchs, so bekam er doch von seiner Mutter die nötige Nestwärme. Ihr Junge war im Alter meiner ältesten Schwester Waltraud. Ich besuchte die Karmolz-Mutter oft.

27

Hans-Günther und seine Frau Betty. Als Hans-Günthers Vater Karl Arndt starb, war er noch keine 3 Jahre alt

Später, als die schlimme Sache mit meinem Vater passierte, da bekam ich das ganze Geschehen allmählich mit und mir wurde bewußt, was der Junge seinen Eltern angetan hatte. Eine schlimme Sache, die niemand verhindern konnte. Heute, in meinem Alter, ist mir nicht klar, wie dieser unbescholtene Dorfjunge zu solchen Diebestaten an seinen Gästen fähig war. Er mußte wohl in der Großstadt Berlin in diese Sache hinein gerutscht sein. Noch heute, wo ich selbst Mutter zweier Kinder bin, gehen meine Gedanken an die Kinder dieser Welt, die in großer Armut aufwachsen und wenig liebevoll ihre Kindheit erleben.

Der Tod meines Vaters

Als der Tischlermeister Adolf Sannig am frühen Morgen des 4. Septembers 1941 die Hoftür öffnete und mit Vaters Sarg in unseren Hof hereinkam, da erschrak Ignatz, der uns zugeteilte russische Zwangsarbeiter, sehr. Er nahm meine kleine Hand ganz fest in seine große Hand und fragte mich mit erregter Stimme: "Käthel, ist Dein Vater gestorben?" und ich antwortete nur mit einem Kopfnicken. Ignatz strich mir sanft über den Kopf. "Dein Vater" , sagte er, "war ein einzigartiger, guter Mensch, es tut mir Leid für Eure Mutter und Euch alle." Noch heute bin ich auf der Suche nach einem Ersatzvater, sogar bei meinem Ehemann Hubert. Den Ersatzvätern, denen ich die Hypothek aufladen möchte, endlich einzulösen versuche, was mein Vater uns durch seinen frühen Tod versagte.

28

Patentante und Ordensschwester
Hildegard, Käthe mit ihrem kleinen
Sohn André

Wenn ich mich damals als Kind in der Schule stets gering einschätzte, wenn ich oft von einem besseren Leben mit Vater träumte, wenn mein Selbstbild nicht gefestigt war und ich unablässig nach Bewunderung hungerte - so ist er doch von uns gegangen und wir mußten lernen, damit zu leben. Solche einschneidenden Erfahrungen vergisst man niemals. Ein Leben lang habe ich um die Liebe meiner Mutter gekämpft. Sie liebte all ihre neun Kinder, gewiß, doch lange Zeit glaubte ich, das sie meine jüngere Schwester mehr liebte als alle anderen.

Mein Bruder Ewald sollte auf Rügen nicht erfahren, das sein abgöttisch geliebter Vater gestorben ist. "Mutter, wenn er jetzt diese traurige Nachricht erhält, dann ist seine Erholung umsonst."

Doch es kam der Tag, an dem Ewald zurückkehrte ins Elternhaus. Mutter wollte ihren Liebling sicher ablenken, denn sie führte ihn durch sämtliche Ställe und er hatte Freude daran, wieder zuhause zu sein. Plötzlich sagte er: "Nun möchte ich aber auf schnellstem Wege zu Vater", er lief in die große Stube, da erschrak er sich zu Tode. Ich höre heute noch seine lauten Rufe: "Wo ist Vaters Bett? Wo ist Vater??". Mutter nahm ihn in ihre Arme, Ewald hatte es begriffen, Vater ist fortgegangen, weit fort. Mit einem Mal fing er an zu schreien: "Warum habt ihr mich nicht heim geholt?" - er schrie so laut, daß das ganze Dorf zuhören konnte.
An diesem Tag wurde aus dem einst so lebendigen Ewald ein stiller und insichgekehrter Junge.

29

Von links nach rechts: Waltraud, Hans-Günther, Adolf, Muttel, Ewald, Tante Ida, Hubert und Käthe Klewin in Gehrden

Der Tod meines Vaters im Rückblick

Ich schreibe jetzt täglich viele wehmütige Geschichten. Erinnerungen an Schedlau. An das Dorf meiner Heimat, meiner Kindheit. Das Kalenderblatt zeigt heute den 30. März 2004, es ist 14.30 Uhr. Die über die Jahre verdrängte Trauer über den frühen Tod unseres Vaters, der uns Kinder gerecht, liebevoll und doch auch mit der nötigen Strenge erzogen hatte. Wir Kinder liebten unsere Eltern. Welches Kind hätte nicht Grund, über den Gräbern der Eltern zu weinen? Weinen aus Schmerz und Trauer über eine verlorene Liebe. Jeder von uns hatte mit Vaters frühem Tod die Lasten mit meiner Mutter zusammen zu tragen. Doch haben wir auch gemeinsam Glück geteilt. Nun, im Rückblick auf die längst vergangene Zeit, hat des Schicksals Schrift heiter in das Buch des Lebens geschrieben, denn auch schmerzliches ist unserer Familie - wie vielen Menschen, die vor 1946 geboren wurden - auch erspart geblieben. Hurra - wir leben noch. Wunden sind verheilt, Narben bleiben, ein Leben lang. Als wir am 23. Januar 1945 mit unserem Dorf Schedlau lostreckten, in Eiseskälte, sagte meine Mutter uns immer wieder:" Kinder, schaut Euch nicht um! Schaut nach vorn!". Dieser Satz hallt immer noch in mir nach. Diese erlebten Geschichten sind der Schlüssel zu meinen verspäteten Tagebüchern. Ich versuche, meine Vergangenheit lebendig zu erhalten. Der Zauber dieser handgeschriebenen Seiten erlebt im Zeitalter der elektronischen Kommunikation eine Renaissance! So lasse ich diese schöne Tradition nach vielen Jahren neu aufleben, handgeschriebene Texte, zusammengestellte Fotos und Zeitungsartikel...nach jahrelanger Pause der versäumten Schuljahre, ohne Abschlußzeugnisse. Ich war noch so klein...

30

Heute früh 3 Uhr entschlief sanft nach schwerem, mit
großer Geduld ertragenem Leiden, mein über alles
geliebter Gatte, unser lieber, guter Vater, Bruder,
Schwiegersohn, Schwager und Onkel der

Landwirt Karl Arndt

im Alter von 46 ....ren.

Dies zeigen tiefbetrübt an

Schedlau, den 4. September 1941

Die trauernde Gattin
nebst Kindern
und Anverwandten.

Beerdigung: Sonntag, den 7. September 1941, nachmittags 3 Uhr.

Todesanzeige Karl Arndt, Schedlau 1941

*Meine Gedanken in den Schulstunden waren fortwährend abwesend.
Schlechte Noten standen in meinen Zeugnissen. Warum? Wieso?
Weshalb? Für diese Fragen war zu Hause keine Zeit. Schließlich
mußte ich vieles allein durchmachen. Die Flucht, der Krieg, der
Abschied von meiner Kindheit. Meine Mutter starb in Landshut,
unserer zweiten Heimat, und da schließt sich der Kreis in der
letzten Ebene.*

31

Kapitel 2

Der Krieg und die Flucht

33

Krieg 1944; Quelle: Der Spiegel

Zur Geschichte Deutschlands

Das Jahr 1932

- Wahlsieg der NSDAP
- 27.4. - Der britische Flieger Scott stellt einen neuen Distanz-flugrekord auf. Er bewältigt einen strapaziösen Alleinflug der Strecke England - Australien in nur 9 Tagen, ist genau 5 Stunden schneller als sein Vorgänger
- 10.4. - Hindenburg kann im zweiten Durchgang der Reichs-präsidentenwahl mit 53% der abgegebenen Stimmen absolute Mehrheit erreichen. Die zwei Wochen später durchgeführten Landtagswahlen in 5 Ländern enden mit einer Pattsituation
- 31.5. - Der Preussische Landtagsabgeordnete Franz von Papen erhält den Auftrag zur Regierungsbildung
- 8.11. - Bei den Präsidentschaftswahlen gehen die Demokraten als große Sieger hervor, sie stellen mit Franklin D. Roosevelt nicht nur den neuen Präsidenten der USA vor, sondern sichern sich auch im Kongress regierungsfähige Mehrheiten
- Der Höchststand der Arbeitslosigkeit mit 6.127 Mio. wird im deutschen Reich gemessen
- Freigabe der ersten Autobahnstrecke Köln - Bonn

1933

- Ernennung Adolf Hitlers zum Reichskanzler
- Reichstagsbrand in Berlin
- Ermächtigungsgesetz tritt in Kraft

34

- Deutsche Studenten verbrennen "undeutsche" Literatur

1934

- Nationaler Volksgerichtshof gegründet

1935

- Judenverfolgung mit sog. Nürnberger Gesetzen
- Porsche baut Prototyp für VW-Käfer
- Deutsch-Britische Flottenabkommen
- Italien marschiert in Äthiopien ein

1936

- XI. Olympische Spiele in Berlin zur NS-Propaganda benutzt
- Beginn des Spanischen Bürgerkriegs
- Volksfrontregierung in Frankreich
- Margret Mitchell veröffentlicht "Vom Winde verweht"

1937

- Zeppelin LZ Hindenburg explodiert in Lakehurst
- Krieg zwischen Japan und China
- Georg VI in London gekrönt
- Niederländische Kronprinzessin Juliane heiratet Prinz Bernhard

1938

- Terror gegen die Juden in der Reichskristallnacht
- Anschluß von Österreich an das Deutsche Reich
- Münchener Abkommen soll Hitler bezähmen
- Otto Hahn gelingt die erste Atomspaltung

1939

- Am 15. März marschiert die Deutsche Wehrmacht in Prag ein
- Staatspräsident Emil Hacha , von Hitler und Göring unter so Druck gesetzt, das er einen Herzinfarkt erlitt, gibt Anweisung, keinenWiderstand zu leisten.
Einheits-Fernsehempfänger E1 vorgestellt

- 1.September - Deutsche Truppen überschreiten um 4.45 Uhr diePolnische Grenze. Mit diesem Überfall beginnt der zweite Weltkrieg.8. November - nach Hitlers Rede im Bürgerbräukeller in Münchenexplodiert eine Bombe, die sechs Todesopfer fordert. Hitler bleibt unverletzt.
- 8. Juli - Auf der Berliner Funkausstellung wird erstmals der neue Einheits-Fernsehempfänger E1 vorgestellt

1940

- Deutscher Luftkrieg gegen Großbritannien. Beginn der Westoffensive

1941

- Deutscher Überfall auf die Sowjetunion
- Winston Churchill neuer britischer Premierminister
- Schottlandflug von Rudolf Heß
- Japan greift Pearl Habour an
- Kriegseintritt der USA
- Nach dem deutschen Angriff auf die Sowjetunion evakuiert Stalin 10 Millionen Menschen, um sie vor der Wehrmacht zu schützen
- 11 Millionen Opfer fallen im Krieg

1942

- Wannsee-Konferenz beschließt Judenvernichtung
- 6. Armee in Stalingrad/Rußland eingeschlossen
- Beginn der Luftangriffe auf deutsche Städte
- "Casablanca" mit Ingrid Bergmann und Humphrey Bogart wird uraufgeführt

1943

- Goebbels propagiert den totalen Krieg in einer Rede an das deutsche Volk im Berliner Sportpalast
- Das Ende der Widerstandsgruppe "Weiße Rose"
- Aufstand im Warschauer Ghetto scheitert
- Am 25. Mai wird der erste Düsenjäger von Willi Messerschmidt erprobt
- Die MEZ 62 ist um ganze 200 km/h schneller als das schnellste Jagtflugzeug der USA

36

1944

- Hitler holt eine Millionen Volksdeutsche "heim ins Reich"
- 1,2 Millionen Polen werden vertrieben oder ermordet, um "Platz zu schaffen"
- Die Alliierten landen in der Normandie
- Oberst Claus Graf von Schenk Staufenberg ist der Initiator eines Hitler-Attentats
- Am 1. August: Als sich die Front Warschaus Vorstadt Praga nähert, beginnt der Warschauer Aufstand unter Tadeusz Bor-Komorowski. Kurzfristig sind die Polen erfolgreich, doch schließlich wird der Aufstand von den Deutschen niedergeschlagen
- 25. August: Französische Truppen unter General Leclerc befreien Paris.General von Choltitz übergibt nach ersten Schießereien die Stadt, um die Kulturgüter zu schützen
- Am 17. September geht für die Deutschen die Schlacht um Arnheim erfolgreich aus, die Arnheimer Brücke wird erfolgreich zurückerobert, Briten und Amerikaner gehen massenhaft in deutsche Gefangenschaft
- Staufenberg-Attentat auf Hitler scheitert

1945

- KZ Auschwitz befreit
- Bedingungslose Kapitulation Deutschlands
- Hitlers Selbstmord
- Gründung der vereinten Nationen
- Beginn der Potsdamer Konferenz
- US-Atombomben zerstören Hiroshima und Nagasaki
- Anne Franks Tagebuch wird veröffentlicht
- Die große Flucht Schlesiens, Pommerns und Ostpreußens

1946

- Der Geldwert sinkt während der Nürnberger NS-Prozesse

1947 + 1948

- Marschallplan-Hilfe für Europa
- Währungsreform in Ost und West
- Jedem Bürger werden 40 Mark Kopfgeld ausgezahlt

Liste der Flüchtlinge des Schedlauer Trecks unter der Leitung von Treckführer Jähnel. Verfasst hat diese Liste Adolf Sannig, er bewahrte sie sorgsam auf und nach seinem Tod erhielt die Liste Käthe Klewin.

Mutter Martha Arndt mit Sohn Adolf und seiner Tochter Margit Arndt

Von links nach rechts:: Gerhard , Resi, Gretel, Muttel, Waltraud, Adolf und Hans-Günther, Kinder

Das Mutterkreuz

Die Reichskleidermarke wurde anstelle von bisherigen Bezugsscheinen am 20. November 1939 eingeführt. Und zuvor, am 25. Mai 1939, wurde erstmals das Mutterkreuz verliehen.
Bronze bekam eine Mutter für 4 - 5 Kinder, Silber für 6 - 7 Kinder und Gold für 8 und mehr Kinder. Meine Mutter bekam für ihre neun Schützlinge das goldene Mutterkreuz. Neun Kinder waren auch zu dieser Zeit eine Seltenheit!

Am Tag der Verleihung war sie vierzig Jahre alt und sie trug ein dunkelblaues Samtkleid, was zu ihren schwarzen hochgesteckten Haaren sehr schön aussah. Meine Mutter leitete im Dorf die Frauenschaft.

Und natürlich war mein Vater ein vorbildlicher Ehemann und Vater. Er war Bauernführer im Dorf und war stets hilfsbereit, freundlich und hatte für jeden Schedlauer ein offenes Ohr.

Ich war damals ein kleines Mädchen von sieben Jahren, als meine Mutter im Dorf Schedlau in der Gaststätte Klinnert den Müttern des Dorfes die Mutterkreuze eigenhändig umlegte. Noch heute sehe ich das Bildnis einer schönen Frau und Mutter in Gedanken vor mir. Ich war schon ganz stolz auf sie. Oft dachte ich bei der Rede aufgeregt an sie, hoffentlich klappte ihre Rede auch! Aber mein Vater hatte diese Rede für sie, seine schöne Frau, geschrieben. Er selbst war es am Schluß auch, der ihr das goldene Mutterkreuz umlegte. Es war ein aufregender und feierlicher Anblick.

39

Mai 1941, die Truppen und ihr Führer in Berlin

Die Reichstagsrede

Otto Welz, 23. März 1933

Am 31. Januar 1933 war Adolf Hitler als Führer der stärksten Partei im Reichstag nach langen Verhandlungen vom Reichspräsidenten Hindenburg zum Kanzler einer Koalisations-Regierung ernannt worden. Nachdem die wirtschaftliche Krise auch mit Hilfe von Notverordnungen weder vom Reichskanzler Brüning noch von Schleicher bewältigt worden war, schien die allgemeine Notlage nach außerordentlichen Maßnahmen auf ein zeitlich begrenztes Ermächtigungsgesetz zu verlangen. Hitler drängte schon im April 1932 auf ein zeitlich begrenztes Ermächtigungsgesetz. Nur wenige konnten die Tragweite einer solchen Entscheidung an diesem Wendepunkt der neuen deutschen Geschichte voraussehen, zumal auch in den ersten Notzeiten der Weimarer Republik von 1922 - 1924 zeitbegrenzte Ermächtigungen an die Exekutive erteilt worden waren. Der Ausgang der Reichstagswahl vom 5. März 1933, die beiden Koalisationsparteien N.S.D.A.P und der Deutschnationalen mit 340 von insgesamt 647 Stimmen nur die einfache Mehrheit brachte, gab dem Streben nach einem Ermächtigungsgesetz neuen Antrieb. In seiner Regierungserklärung am 28. März 1933 entwickelte Hitler ein Programm, in dem das Ermächtigungsgesetz nur kurz gestreift wurde. Das verhängnisvolle Gesetz, das mit der verfassungsmäßigen Mehrheit von 441 gegen 94 Stimmen angenommen wurde, stieß nur bei den Sozialdemokraten auf Ablehnung, die der Abgeordnete Welz in seiner mutigen Ansprache unter Berufung auf die Grundsätze der Menschlichkeit und dem Rechtsbewußtsein als normale Macht vor der Geschichte zu begründen wußte.

40

Deutsche Soldaten und ihre Opfer

Unfassbares begreifen - unglaubliches verstehen

Betrhold Brecht, Frühling 1938

"Heute, Ostersonntag früh, ging ein plötzlicher Schneesturm über die Insel. Zwischen den grünen Inselhecken lag Schnee. Mein junger Sohn holte mich zu einem Aprikosenbäumchen an der Hausmauer von einem Vers weg, in dem ich auf diejenigen mit dem Finger deute, die einen Krieg vorbereiteten, der dem Kontinent der Insel, meinem Volk, meiner Familie und mich vertilgen mag. Schweigend legten wir einen Sack über den frierenden Baum."

Die Alliierten

"Im Jahre 1944 erheben sich frühere Generäle gegen Hitler, doch der Widerstand scheitert. Als letzte unschlagbare Waffe scheute sich der Führer nicht, den Volkssturm einzusetzen. Gerade in dieser Zeit, da die Geschehnisse des Dritten Reiches kaum noch von den Erinnerungen von uns, der älteren Generation, sondern eher aus dem Geschichtsunterricht bekannt sind, trägt die einmalige Reihe von Erzählungen der Zeitzeugen dazu bei, das Vergangene nicht in Vergessenheit geraten zu lassen. Im Jahre 1944 scheitert im Führerhauptquartier Wolfsschanze das Attentat an Hitler durch Staufenberg. Im gleichen Jahr landen die Alliierten in der Normandie an der Küste. Es ist der 6. Juni und die Schlagzeile des Tages. Die weltweit lang erwartete Invasion in Westeuropa beginnt, das Ende des Nationalsozialismus ist eingeläutet! Eine Armada von 6.000 Schiffen setzt die gewaltige britisch-amerikanische

41

"Arbeit macht frei" steht über dem Eisengitter des KZ Auschwitz

Streitmacht im Küstenabschnitt zwischen Cherbourg und Caen an Land. Unterstützt wird die Landesoperation von 14.000 alliierter Bomber.
Wenige Tage nach der Landung besteht kein Zweifel mehr am Erfolg der Operation. Das Deutsche Reich ist nun von drei Fronten umzingelt."

Die Rote Armee

"Im Juli 1944 zerschlägt die Rote Armee die Heeresgruppe Mitte und rückt nach Westen vor. Hitler erläßt für alle Ostagaue eine Sperre für Bahnreisende von 100 km. Fluchtversuche und Fluchtvorbereitungen sind verboten. Im Oktober überschreiten sowjetische Truppen in Ostpreußen die Grenze des Deutschen Reiches und begehen in Nemmersdorf und anderorts Massaker an Zivilisten.

Am 12. Januar 1945 eröffnet die Rote Armee ihre Weichsel-Offensive und erreicht nach drei Wochen die Oder. Ende Januar befinden sich 5 Millionen Deutsche auf der Flucht. Am 30. Januar wird die "Wilhelm Gustlow" vor der Pommerschen Küste von einem sowjetischen U-Boot torpediert und sinkt. Etwa 9000 Soldaten und Flüchtlinge sterben.

Große Teile Ostpreußens werden eingeschlossen, den Flüchtlingen bleibt nur der Weg über die Ostsee."

42

Flucht in die Luftschutz-Bunker

Der Rückblick auf einen einzigen Tag

Meine Erinnerung an einen ganz besonderen Frühlingstag:

Wir aus Schedlau, seit dem 23. Januar 1945 noch immer auf der Flucht, waren nur noch 20 km von unserem Endziel entfernt. Als wir an jenem Morgen erwachten und aus dem Fenster schauten, konnten wir auf einem gelben Schild den Namen "Viecht" lesen. Wir waren dicht vor Haunwang, Kreis Landshut, in Niederbayern. Unser Treckführer, Herr Jähnel, gab die Uhrzeit 9.00 Uhr an, gleich setzten wir uns zum letzten Mal in Bewegung. "Denn, liebe Kinder, wir sind am Ende unseres langen Fluchtweges angekommen." Er sprach uns besonders freudig an. Ich fragte im schnellen Tonfall: "Herr Jähnel, wir sind noch nicht gewaschen - und hier im Bächlein rauscht das sauberste Wasser an uns vorbei. Können Sie uns noch einige Minuten zum Endspurt zugeben? Wir wollen uns schnell noch waschen." Seine Antwort lautete: "Ja, freilich!"

Frieden

Weihnachts -   Zeit
Friedens -   Zeit
Meine -   Zeit
Deine -   Zeit
Höchste -   Zeit!

43

Flüchtlingstreck (Quelle: Der Spiegel)

Unsere Flucht aus Schlesien

Am 23. Januar 1945 begab sich unser Treck in Schedlau auf die Flucht, Schlesien, Ostpreußen und Pommern zu verlassen. Wir hinterließen Haus, Hof, Tiere und Ackerland. Der kalte Winter erhielt Einzug, der Krieg war nur 30 km entfernt. Der eiskalte Wind blies uns ins Gesicht, die, die keinen Platz im Planwagen hatten, liefen zu Fuß neben den Gespannen her. Bis zu 35 km Wegstrecke waren oft unser Tagespensum, bis wir eine Herberge für die Nacht fanden. Eine Schule, ein Kino oder ein Saal eines Gasthauses waren unsere Raststätten, wir schliefen auf Stroh, in Decken gehüllt, auf engstem Raum. Trotz dem vielen Lärm der Schießereien von der nahegelegenen Front konnten wir Kinder etwas schlafen. Das war wichtig, denn sonst hätten wir kaum die vielen vor uns liegenden Kilometer unwegsamen Weges, die am folgenden Tag vor uns lagen, überstanden. Wir, Muttel Anna Martha mit ihren acht Kindern, mit unserem treuen Pferd, dem braunen Fuchs und dem Planwagen, kamen am späten Nachmittag des 17. März 1945 beim Wirt Wild in Haunwang, Bayern, an. Mit uns kam noch die Familie Schwedes und die Familie Kühnels, ebenso wie wir, mit Pferdegespann an. Der Bürgermeister, Herr Xaver Winner, nahm uns Schedlauer in Empfang. Schwedes und Kühnels kamen bei der Familie Goldes, beim Großbauer im Dorf, unter und wir, die Arndts, wurden aufgeteilt. Muttel mit uns schulpflichtigen Kindern bekamen einen Raum im Gemeindehaus. Meine Geschwister Waltraud und Ewald mit Pferd und Wagen kamen beim Bürgermeister, der Familie Winner, unter. Erich und Hildegard nahm der Wirt Wild auf. Wir waren alle in Haunwang bei Landshut - aber leider voneinander getrennt - untergebracht.

44

Mit Pferdegespannen auf der Flucht

Abends kamen wir alle zusammen. Der Raum war sehr klein, aber wir brauchten nicht mehr auf den kalten Straßen täglich manchmal bis zu 40 km zurücklegen, den Wagen durch den Schnee über die Berge anschieben, das war nun endlich vorbei. In Haunwang haben wir noch ein paar Luftangriffe auf den Landshuter Bahnhof miterlebt, aber in Haunwang und Umgebung fiel - Gott sei Dank- keine Bombe! Der Angriff bei Regensburg reichte uns damals. Unser Pferd, der Fuchs, rettete uns vor der Stadt Regensburg das Leben! Er entfloh der Treck-Reihe, in der wir fuhren, selbständig und zog unser Gespann hinunter an einen Waldrand, der wie eine Ruhezone erschien. Hatte das Pferd etwas geahnt? Es hatte den Geruch der brennenden Stadt Regensburg schon von weitem gewittert und schnell reagiert. Die anderen Planwagen folgten uns in den Wald. Die Tiefflieger schossen plötzlich aus dem Nichts hervor auf die Planwagen zu, die sich nicht retten konnten und sich noch auf der Flucht-Route befanden und bombardierten sie. Aus Geppersdorf wurde der zehnjährige Sohn eines Großbauern tödlich getroffen.

Am 1. Mai 1945 marschierten die Alliierten - es waren viele vor der Stadt - in Haunwang ein. An jenem 1. Mai klopften zwei Amerikaner an unsere Zimmertür, sehr freundlich schauten sie herein und nahmen uns die Angst, die sie uns ansehen konnten, indem sie mit uns Kindern redeten.
Das Leben auf den Straßen und in den Schulen war unter diesen Umständen auch für die Lehrkräfte schwierig, denn auch die Lehrer mußten mit an der Front kämpfen.

45

Die Schedlauer Dorfschule heute. Damals wurden hier von den Schülern zu Kriegszwecken Seidenraupen zur Herstellung der Fallschirme gezüchtet.

Und für uns Schüler war ebenfalls alles anders. Statt unseren Lehrstoff durchzunehmen, hegten und pflegten wir Seidenraupen in unserem Klassenraum. Und viel Zeit beanspruchte die Pflege der Maulbeerbäume. Ihre Blätter waren die Nahrung für die Raupen. Eine Krefelder Seidennäherei stellte den ersten Stoff aus reiner Seide vor. Diese Seide wurde für die Fallschirme der Flieger hergestellt. Am 30. April 1945 nahm der Krieg sein Ende, als die amerikanischen Truppen in Haunwang ankamen. Auch die letzten Verteidiger mußten kapitulieren. Eine kampflose Übergabe schien nicht möglich, da es Fanatiker gab, die sich bis zum bitteren Ende verteidigen wollten. Der Krieg war zwar zu Ende, aber die Trauer um die nicht wiederkehrenden Familienangehörigen war sehr groß. Meine Mutter hatte bereits ein Jahr kein Lebenszeichen von ihrem Ältesten, Gerhard, gehört und auch von der Großmutter aus Heidesdorf fehlte jede Spur.

Der Leidensweg eines Dorfbewohners

Hubert Berger wohnte in unserem Dorf, in der Mitte der Dorfstraße beim Großbauern Weiß im Mietshaus des Hofes. In der elterlichen Wohnung wuchs er genügsam und einfach auf, er war ein Einzelkind. Seine Jugendzeit wurde durch den frühen Tod seiner Mutter jäh beendet. Da sein Vater eine Wiederheirat einging, bekam Hubert eine liebevolle und warmherzige zweite Mutter. Jedoch erreichte seinen Vater, wie alle Männer seiner Generation, 1942 der Einzugsbefehl zum Militär.

46

Das Haus meiner Freundin Isolde,
gegenüber dem Haus der Arndts

Huberts Stiefmutter flüchtete mit ihm nicht aus dem Dorf, da sie sehr kränkelte. Sie erlebten, wie alle Dorfbewohner, im Herbst 1944 den Luftangriff auf das Nachbardorf hautnah mit. Sie mußten nach dem Zusammenbruch der Verteidigungslinien 1945 von den einmarschierenden sowjetischen Truppen furchtbares erdulden. Von den Polen wurden Hubert und seine Stiefmutter von Schedlau in das Lager Lamsdorf verschleppt. Dort verstarb seine Stiefmutter schließlich. Hubert mußte in seinem jungen Alter den Verlust seiner leiblichen Eltern sowie den seiner Stiefmutter erdulden. Nach einjährigem, grausamen Lageraufenthalt wurden alle Lagerinsassen ausgewiesen und sollten mit dem Zug nach Westdeutschland gebracht werden. Nur für den kleinen, mageren Hubert war kein Platz mehr im Zug und er blieb allein am Bahnhof Lamsdorf zurück. Ich hoffe, daß es Hubert Berger noch gibt und ich ihn beim Schlesiertreffen 2005 in Nürnberg wiedersehen werde!

Meine Freundin Isolde

Isolde Seewald war ebenfalls eine Waise aus Schedlau. Ihr Leben verlief trotz einem ähnlichen Maß an Leid etwas heiterer als das von Hubert Berger. Ihre Stiefmutter und ihre drei Geschwister fanden einen Neuanfang hier in meiner Nähe. Isolde wurde im Clementinen-Krankenhaus in Hannover Krankenschwester. Sie lebt nach dem Tod ihres schlesischen Ehemannes im Eigenheim in Zufriedenheit. Ihre Töchter haben in Köln und Hamburg ihre Existenzen gegründet.

47

Die vom Krieg zerbombte Stadt Dresden

Die Geschwister von Isolde lebten ebenfalls in Familienverbänden. Meine Freundin Isolde hat selten mal den 29. Februar, meinen Geburtstag, vergessen. Es ist gut, das es Isolde gibt, sie ist Optimistin. Ich glaube, daß der Glaube an Gott eine wesentliche Hilfe im Leben sein kann, wenn man großes Leid im Leben erfahren hat. Der Zusammenhalt ist unglaublich wichtig, auch für uns Kriegs- und Flüchtlingskinder!

Als Feuer vom Himmel fiel

Der 13. Februar 1945 war das Datum für die Bombardements der Alliierten auf Deutschland. In vier Tagen wurde eine Fläche von 20 Quadratkilometern zerstört. Die Zahl der Opfer lag zwischen 60.000 und 245.000 Menschen.
Unter den Opfern war Frau Kahlert und zwei ihrer drei jungen Töchter aus unserem Dorf Schedlau. Hildegard, ihre älteste Tochter, war gerade 20 Jahre alt und ihre jüngste Tochter Gerda wurde ein Jahr zuvor konfirmiert. Karl Kahlert, der Onkel der Familie, treckte etwa eine Stunde vor unserem Treck, unter der Leitung des Treckführers Ernst Jähnel und Begleiterin Charlotte Stransfeld, im Alleingang aus dem Dorf, aus dem wir ja flüchten mussten.
Alle, die sich auf die Flucht machten, hatten nur ein Ziel - die Stadt Dresden - zu Verwandten.
Am 13. Februar 1945 war die Stadt Dresden überfüllt mit Flüchtlingen aus Ober- und Niederschlesien.

48

Deutsche Opfer der Roten Armee

Eine brennende Stadt, überall Flüchtlingstrecks, viele starben einen qualvollen Tod. Wie brennende Fackeln liefen die Menschen in die Elbe und ertranken. In dieser Nacht waren die Kahlerts aus Schedlau bereits in Dresden. Mutter Kahlert und zwei Töchter befanden sich unter den unzähligen Opfern. Lisbeth war mit Onkel Karl Kahlert und dem Planwagen mitsamt Gespann etwas entfernt von der Großstadt und mußten von Weitem mit ansehen, wie die Stadt in Schutt und Asche zerfiel. Auf dem schnellsten Weg kehrten die beiden wieder um. Sie gelangten ein zweites Mal in ein Dorf, in das sie lieber nicht zurückgekehrt wären. Viel Leid, Elend und Hunger gab es nach kaum drei vergangenen Wochen. Im Lager Falkenberg starben so einige Landwirte aus Kreis Falkenberg den Hungertod.

Unser Treck jedoch war noch weit weg von Dresden. Wir schafften es, zu überleben, Karl Kahlert schaffte es nicht, er starb nach einigen Wochen im Lager in Falkenberg den Hungertod. Mit ihm überlebten Großbauer Weiß, Ernst Hoffmann und Karl Schwede das Lager nicht. Unser Müller, Herr Bruschke, Frau Schwope, die neugeborenen Zwillige von Frau Klein starben ebenfalls im Winter 1945 während des Trecks. Die Strapazen waren einfach viel zu groß. Lisbeth Kahlert hatte großen Grund zur Freude, denn ihr Bruder Jorg kehrte aus russischer Gefangenschaft heim - sie weinte Freudentränen und zugleich konnte sie die Trauer um ihre Mutter und ihre Schwestern Hildegard und Gerda mit dem heimgekehrten Bruder teilen. Beide waren ausgewiesen und in der Nähe von Köln fanden sie eine zweite Heimat, sie gründeten beide Familien dort.

49

Hawker Tempest 2 - diesen modernen Hubschrauber konnte Hitler schließlich nicht mehr einsetzen, da der Krieg vorbei war

Jorg Kahlert war ein Schulfreund meines Bruders Gerhard, Jahrgang 1925. Kürzlich erfuhr ich durch meine Schedlauer Schulfreundin Isolde Seewald, das Jorg Kahlert nun auch gestorben ist. Dem Schicksal kann niemand entrinnen.

Das Jahr 1944

In diesem Augenblick der Deutschen Geschichte, im Jahre 1944, wäre die Katastrophe noch aufzuhalten gewesen. Massenpanik, Todesmärsche, erfrorene Babys und Kinder, hundertausende vergewaltigte Frauen, über 33.000 Ertrunkene in der Ostsee – all das Grauen kam über die Betroffenen, weil Adolf Hitler und seine skrupellosen Kriegsherren noch immer vom Endsieg schwadronierten. Verteidigung jedes Quadratmeters Boden im Osten bis zum letzten Atemzug. Diese Floskel erfüllte sich hundert- tausendfach auf furchtbarste Weise.
Was wäre, wenn? 9,1 Millionen Deutsche würden leben!
2,5 Millionen Deutsche in Ostpreußen, 1,9 Millionen in Ostpommern, 4,7 Millionen in Schlesien. Wochenlang wäre Zeit gewesen, sie alle rechtzeitig in Sicherheit zu bringen – vor dem mörderischen Winter, der so entsetzlich kalt war, das die erschöpften Flüchtlinge einfach am Wegrand zu Eisblöcken erfroren. Jedoch war in Hitlers Reich Weglaufen verboten.
Heinrich Himmler hatte auf einer Gauleitertagung in Posen verkündet, daß die Ausweitung des Germanischen Reichs nach Osten "selbstverständlich bevorstehe".

50

Das zerbombte Hamburg

Es sei "unverrückbar, das wir hier die Pflanzgärten des Germanischen Blutes im Osten erreichen". Unverrückbar war es ebenso für den Ostpreußischen Gauleiter Erich Koch in Königsberg, das Flüchtlingsvorbereitungen nur eine besonders infame Art der Sabotage sein konnte. Landräte, Kreisleiter und Bürgermeister des Gaus bekamen die Anweisung, jeden, der die Flucht plane, sofort zu melden. Und da war die Hoffnung gegen jede Vernunft, das es so schlimm nicht werden könnte. Luftangriffe hat es im Osten tatsächlich kaum gegeben. Das Dorf Nemmersdorf war zurückerobert worden – war das nicht ein wundersamer Herbst?

Der Zitronenfalter

"Das Licht so stark, der Himmel so weit, und hoch über uns, die Ferne so mächtig", so beschrieb der Arzt Hans Graf von Lehndorff in seinen Aufzeichnungen aus jenem Oktober 1944 die Stimmung in seiner Heimat, dem Land des Bernsteins.
Und doch wußten alle, das alles vorbei war. Nie würde man die Störche wiedersehen, die sich in diesen Tagen aus Ostpreußen davonmachten, nach Süden. Vorboten einer Katastrophe: Tiere treten herrenlos über die Wiesen der Gehöfte weiter östlich, sie wurden von ihren Besitzern schon aufgegeben. Auf den Feldern bei Preußisch Holland merkwürdige, laubenartige Konstrukte, nur mühsam mit Planen getarnt. Das waren die Güter der jungen Marion Gräfin Dönhoff, die heimlich Pferdewagen für die Flucht nach Westen ausstatten ließ.

51

Konzentrationslager Ausschwitz heute

Im Büro von Doktor Wander, dem Bürgermeister von Insterburg, ging ein Stapel Briefe von der vorgesetzten Stelle in Königsberg ein: "Streng geheim und im Tresor zu deponieren." Erst, wenn das Kennwort "Zitronenfalter" fiel, durften diese Briefe an Wirtschafts- und Handwerksleute in Insterburg verteilt werden. Sie enthielten die Aufforderung, Maschinen und Vorräte – nicht aber Menschen – per Bahn nach Westen zu schicken. Als der Bürgermeister am Tag nach den Geschehnissen von Nemmersdorf bei der Gauleitung erfuhr und in Königsberg darum bat, Transportzüge für die Flüchtlings- transporte zu schicken, da sich diese schon jetzt am Bahnhof drängten, wurde er spöttisch gefragt, ob er Fieber habe. Es herrschte das bohrende Gefühl beim schmücken des Weihnachtsbaumes, daß das Leben zu Ende sei und alles versinken würde, schon in den folgenden Tagen. Am 12. Januar 1945 rollten russische Panzer in Ostpreußen ein und niemand verhielt sich gut. Keine Zeit mehr für den "Zitronenfalter". Nur fliehen, in Richtung Westen.

Die Züge, die in der Metropole Königsberg den Bahnhof verließen, sind schon am ersten Tag vollkommen überfüllt. Die verschneiten Straßen waren voll von Flüchtlingstrecks. Planwagen, von Pferden oder Menschen gezogen, mit dem wichtigsten Hab und Gut und ein paar Lebensmitteln. All ihren Besitz ließen sie zurück. Ihre Höfe mit all ihrem Vieh. Das bisschen, was wir in Schlesien mitnehmen konnten, mußten wir unterwegs noch abladen, da die Straßen zu glatt für unseren Fuchs, der den Einspanner zog, wurde. Hinter uns im Planwagen sind die neugeborenen Zwillinge bereits in der ersten Nacht erfroren.

52

Thomas Mann

Die Mutter, Frau Klein, kam aus einer Großstadt nach Schedlau, um ihre Kinder vor Luftangriffen zu schützen. Oft waren unsere Trecking-Pferde bis zum Bauch im Schnee versunken. Wir Kinder weinten manchmal leise in den Zipfel einer Decke.

Rundfunkansprache am 10. März 1945, Thomas Mann

"Deutsche Hörer! Wie bitter ist es, wenn der Jubel der Welt der Niederlage der tiefsten Demütigung des eigenen Landes gilt! Wie zeigt sich noch einmal schrecklich der Abgrund, der sich zwischen Deutschland, dem Land unserer Väter und Meister und der gesitteten Welt aufgetan hatte. Die Sieges-, die Friedensglocken dröhnen, die Gläser klingen, Umarmungen und Glückwünsche ringsum. Der Deutsche war aber, der sein grauenvoll gewordenes Land meiden und sich unter freundlichen Zonen ein neues Leben bauen mußte. Er senkt das Haupt in der weltweiten Freude. Das Herz krampft sich ihm bei dem Gedanken zusammen, was sie für Deutschland bedeutet, durch welche dunklen Tage, welche Jahre der Ohnmacht zur Selbstbestimmung und abbüßender Erniedrigung es nach allem, was es schon gelitten hat, wird gehen müssen. Und dennoch, die Stunde ist groß, nicht nur für die Siegerwelt, auch für Deutschland. Die Stunde, wo der Drache zur Strecke gebracht ist, das wüste und kranke Ungeheuer - Nationalsozialismus genannt - verröchelt und Deutschland wenigstens von dem Fluch befreit ist, das Land Hitlers zu heißen. Wenn es sich selbst hätte befreien können, früher, als noch Zeit dazu war, oder selbst später noch,

53

Im Gedenken an die Opfer

im letzten Augenblick, wenn es selbst mit Glockenschlag und Beethovenscher Musik seine Befreiung, seine Rückkehr zur Menschheit hätte feiern können, anstatt nun das Ende des Hitlertums zugleich das Ende der völlige Zusammenbruch Deutschlands ist. Freilich, das wäre besser, wäre das Allerwünschenswerteste gewesen. Es konnte wohl nicht sein. Die Befreiung mußte von Außen kommen, und vor allem meine ich, sollt ihr Deutschen sie nun als Leistung anerkennen, sie nicht nur als Ergebnis mechanischer Übermacht an Menschen und Material erklären und nicht sagen:" Zehn gegen einen, das gilt nicht!" Deutschland zu besiegen, das allein mit aller Gründlichkeit den Krieg vorbereitet hatte, war auch im Zweifrontenkrieg eine Riesenaufgabe. Die Wehrmacht stand vor Moskau und an der Grenze Ägyptens. Der europäische Kontinent war in deutscher Gewalt."

Erinnerungen an die Opfer des Naziterrors

Das Konzentrationslager Auschwitz ist am 27. Januar 1945 von sowjetischen Truppen besetzt und befreit worden. Seit 1996 wird an diesem Jahrestag in Deutschland der Opfer des Nationalsozialismus gedacht.
Am Volkstrauertag, dem 16. November 2003, wurde in der Kleinstadt Barsinghausen wieder der Reichspogromnacht gedacht, der über 6 Millionen Menschen, die im Warschauer Ghetto in den Konzentrationslagern gestorben sind. An jenem Tag im Jahre 1938 begann der Terror gegen die Juden. Nach der Hetzrede auf dem

54

Kränze für die Opfer

alljährlichen Treffen der NSDAP-Führungskräfte löste Goebbels mit der Zustimmung Hitlers den Judenpogrom aus – 35.000 Juden wurden zusammengetrieben und in Konzentrationslager gebracht, in dem auch die erst 16-jährige Anne Frank kurz vor Kriegsende starb.

Die Stadt Auschwitz ließ bereits Ende der achtziger Jahre einen Gedenkstein zwischen Kloster und Rathaus in der Kleinstadt Barsinghausen aufstellen. Dort legten am 9. November 2003 Bürgermeister Klaus-Detlef Richter und die 14-jährige Schülerin Natascha Dick von der Goethe-Schule einen Kranz nieder. Richter erinnerte während seiner Rede an die Greueltaten der National-sozialisten und gedachte mit einer Schweigeminute der Menschen, die wegen ihrer Religion, ihrer Rasse, ihrer politischen Haltung oder ihrer körperlichen oder geistigen Behinderung in den Konzentrations-lagern ermordet wurden. "Wir bitten um Verzeihung für jedes einzelne Schicksal."
Die Menschen müßten dafür sorgen, das es keine Gewaltherrschaft mehr gebe, die Menschen erniedrige, ausgrenze, töte. Die Schüler der Klasse 9 G2 der Goetheschule appellierte an alle, die Geschehnisse der Vergangenheit nicht in Vergessenheit geraten zu lassen.

(thö/Hönemann)

55

Ortsschild Falkenberg heute

September 1945, Lager Lamsdorf, Kreis Falkenberg

(Aus dem Bericht eines Arztes)

"Ich erinnere mich noch gut an den Tag, als die Frauenlatrine voll besetzt war und ein Militärposten richtete aus unmittelbarer Nähe ein mörderisches Maschinenpistolenfeuer auf diese Latrine. Alle Frauen wurden dabei durch schwere Bauch- und Brustschüsse verletzt, sie wurden blutüberströmt ins Revier gebracht, in dem der Sanitäter und die Schwester Hilfe leisteten. Jedoch wurden sie gewaltsam an der Hilfeleistung gehindert. Die Schwerverletzten kamen einfach in ein Massengrab, wo sie starben. Die Bluttat konnte somit leicht verwischt werden.

Es war auch keine Seltenheit, das Frauen und Mütter Prügelstrafen bekamen, während selbst schwerkranke Frauen vergewaltigt wurden. Eines Abends im Jahre `45 kamen etwa 100 Frauen von einem Arbeitskommando bei strömenden Regen – bis auf die Haut durchnäßt – ins Lager zurück. Sie wurden gezwungen, nationalsozialistische Lieder zu singen und dabei auf dem Übungsplatz marschieren. In der Platzmitte wurde ein Schemel aufgestellt, über den sich der Reihe nach jede Frau legen mußte und dann 25-30 Schläge auf ihr Gesäß erhielt. Diesen Frauen hing nach dieser Mater-Protzedur die Haut und Muskulatur buchstäblich in Fetzen herunter. Sie bekamen auf meinen Protest hin Einlass in die Krankenstube. Dort lagen sie ohne Verbandszeug, das der Kommandant ihnen verweigerte, auf schmutzigen Strohsäcken, wimmernd vor Schmerzen, während massenhafte Fliegenschwärme in den eiternden Wunden saßen. Nach qualvoller Leidenszeit wurden sie endlich durch den Tod erlöst.

56

Lager Lamsdorf

Die Schändungs- und Vergewaltigungsakte hatten ihren Höhepunkt mit der Anordnung der Kommandanten Gimborski und Fuhrmann erreicht: Im Oktober 1945 mußten alle Frauen und Mädchen im Alter von 15 bis 40 Jahren von mir auf Geschlechtskrankheiten untersucht werden. Diese Anordnung war schon deshalb unsinnig, weil keinerlei Untersuchungsgeräte zur Verfügung standen. Unter dem geilen Grinsen und Gelächter der versammelten Posten wurden die Frauen und Mädchen vorgeführt und sollten sich in Anwesenheit dieser total betrunkenen Soldaten entkleiden. Ich protestierte dagegen und verweigerte die Durchführung der Untersuchung, bis ich mit vorgehaltener Pistole bedroht wurde. In diesem Augenblick erlitt ich einen stenokratischen Herzanfall und wurde von meinem Sanitäter hinausgetragen, während die Frauen in dieser Zeit zum großen Teil fortlaufen konnten. Die Frauen, die es nicht geschafft hatten, zu entkommen, wurden brutal vergewaltigt, sie flüchteten später, völlig zusammengebrochen und mit zerrissenen Kleidern, in meine Stube. Am nächsten Tag konnte ich ohne Anwesenheit der Posten eine Scheinuntersuchung durchführen, damit dem Befehl genüge getan war. Während ich krank darniederlag, nutzten die vertierten Wachtposten jede Gelegenheit, um Nachts die Krankenpflegerinnen zu vergewaltigen und die Kranken zu quälen. Diese Vorfälle und Verbrechen gegen die Menschlichkeit, insbesondere gegen die Kranken, vollzogen sich unter dem Abzeichen des Genfer Roten Kreuzes, das mit hell leuchtenden roten Farben und der Inschrift "Zcerwony Krczycz Polska" – in polnischer Sprache – das diese internationale Einrichtung in Polen Millionen Menschen Hilfe

57

Einzug der Deutschen in Polen

brachte und Hilfe bringen wird! Unsere Männer und Frauen mußten unter furchtbaren Schlägen mit den bloßen Händen die verwesten Leichen ausscharren, von morgens bis abends. Dabei kam es zu unvorstellbarer Bestialität. Frauen mußten die Leichen küssen und wurden mit ihnen in schamlose Berührung gebracht.

In geradezu teuflischer Weise vergingen sich die Polen an den deutschen Frauen und Mädchen. Jedes Mittel, sie zu entwürdigen, war ihnen recht. So verboten sie ihnen zeitweise, Schlüpfer zu tragen und junge Burschen kontrollierten dies in schamlosester Form. Wehe, wer bei einer Verbotsüberschreitung angetroffen wurde! Sie zwangen sie, Menschenkot zu essen, Menschenurin zu trinken, Blut von Erschlagenen von der Erde oder von dessen Wunden zu lecken. Die Vergewaltigungen griffen auch auf die später eingerichtete Krankenstube über und wurde an schwerkranken, ja, sterbenden Frauen und Mädchen, vorgenommen."

Hilfreiche Polen schützen deutsche Frau

(Auszug aus dem Bericht von Margarethe K. aus Breslau vom 23. 02.1951)

"Von Mai bis Juli 1946 wurden fast alle Deutschen aus den Häusern, in denen sie seit ihrer Kindheit in Breslau gewohnt hatten, ausgewiesen. Bis auf mich, die durch einen Unglücksfall schwer an Gürtelrose erkrankt war – ich blieb allein zurück, denn ich konnte nicht laufen. Allein in einem Haus mit 25 Wohnungen, die sehr bald

58

Kriegskinder

von Polen bezogen wurden. Mit Angst sah ich den Kommenden entgegen. Rechts und links von meiner Wohnung , überall Polen, und eine Polin an meiner Tür. Da sie kein Wort Deutsch sprach und ich nicht Polnisch sprechen konnte war eine Verständigung nicht möglich. Sie muß wohl den Schrecken in meinen Augen bemerkt haben, sie verschwand und kam sofort mit 6 großen Eiern zurück. Welch freudige Überraschung, denn wir hatten oft nicht einmal Brot, da wir weder Geld noch etwas zu verkaufen hatten. Alles Wertvolle war bereits geplündert worden. Die Polin brachte mir noch öfter Lebensmittel oder ein warmes Mittagessen mit viel Fleisch. Es waren aber auch polnische Kommunisten in das Haus eingezogen, die es bald auf mich abgesehen hatten. Als meine netten Nachbarn dies bemerkten, ließen sie mir durch eine Deutsch sprechende Verwandte sagen, ich sollte niemals öffnen, wenn es an meiner Tür klopfen würde. Sie wollten mich beschützen und mir helfen. Und sie hielten ihr Wort. Sobald polnische Banditen an meine Tür schlugen und Einlaß begehrten, kamen meine lieben Nachbarn heraus und redeten so lange auf die Banditen ein, bis sie wieder abzogen. Inzwischen hatte sich meine Gesundheit soweit gebessert, daß ich wieder ins Pfarrbüro gehen konnte. Auch während meiner Abwesenheit schützten meine polnischen Nachbarn meine Wohnung vor Einbrüchen und Plünderung. Eines Tages jedoch teilte der Deutsch sprechende Verwandte mir mit, daß die Banditen planten, meine Wohnung in den nächsten Tagen zu beschlagnahmen. Deutsche, denen ich davon erzählte, meinten, ich würde meine Sachen nie wieder sehen."

Eindrücke aus dem Lager Falkenberg:
Wache, Bahnhof, Zeltlager, Kavallerie

60

Kapitel 3

Neuanfang

61

Mutter und ihr Sohn Hans-Günther

Erinnerungen an meine Konfirmation 1946

Die Glocken der Margarethenkirche läuten den Sonntag ein. Konfirmation in Gehrden am 25. April 2004. Die Kirche stellt ihre Konfirmanden vor. Es ist so der Brauch, seit meiner Kindheit, den Konfirmanden im Verwandten- und Bekanntenkreis zu gratulieren. Und das ist auch heute noch gut so. An so einem schönen Tag gehen meine Gedanken zurück in meine zweite Heimat nach Haunwang.

Ich denke heute an die Jahre in der Kronwinkl Kirche und ihre Konfirmanden. Brigitte Schendels Familie kam aus Berlin, um ihre Kinder während des tobenden Krieges vor Luftangriffen zu schützen. Wir drei Mädels - Gerda Unvericht, Edith Welz und ich - wohnten in den umliegenden Ortschaften von Kronwinkl. Wir alle kamen aus Schlesien und waren Flüchtlinge und evangelisch. Auf dem Weg zum Konfirmationsunterricht lernten wir uns kennen. Wir drei hatten alle den gleichen, weiten Fußmarsch bis nach Landshut. Die langen Fußmärsche von unserer Flucht 1945 waren uns dreien noch ganz nah. Wir freuten uns auf die Prüfung, die bevorstand, und wir waren alle gut. Unser Pastor erwähnte dann kurz vor unserer Einsegnung, daß er in Kinderaugen sieht - er konnte in unseren Augen sehen, daß uns unsere Kriegserlebnisse nicht unberührt ließen. Bei allen Jubiläen spielten Krieg und Nachkrieg eine große Rolle. Ach, wie schön war dieser 14. April 1946. Aus einem Care-Paket der Amerikanischen Hilfsorganisation hatte ich ein schwarzes Kleid mit einem weißen Kragen an und es passte mir genau! Es wurde zu meinem Konfirmationskleid. Doch am allermeisten freute ich mich über meine Großmuttel. Sie kam am Vortag aus Passau

62

Oma Anna Nökel aus Passau,
früher Heidersdorf

Oma Anna Nökel mit Cousine
Irmgard (l) und Käthe (r)

mit der Bahn angereist, in Landshut holte ich sie vom Bahnhof ab.
Aber die Gäste, unter ihnen viele Schedlauer, hatten sich am
Kaffeetisch sehr viel zu erzählen. Sie tranken ihren Kaffee aus
niedlichen blauen Kaffeetassen, die wir kurz vor der Konfirmation
auf Bezugsschein aus Landshut kaufen konnten. Und der Lindeskaffee
schmeckte auch ihnen besonders gut. Der selbstgepflückte
Blumenstrauß auf Waltrauds Tischdecke, die sie selbst gestickt
hatte und meiner Mutter 1944 unserer Mutter schenkte, war
besonders schön. Die Tischdecke hatte Waltraud kurz vor unserer
Flucht in letzter Sekunde noch gerettet. Ein schöner Tag war mir
beschert. Ein Tag voller Harmonie. Nach 50 Jahren folgt die goldene
Konfirmation.

In Gehrden bekam ich es zu spüren: "Käthel, Du gehörst hier doch
nicht dazu" sagte man mir. Zu dieser Zeit waren wir ein gutes Team.
Das Team besteht noch, aber leider zog ich mich davon zurück.

Erinnerungen an die Familie Pache

Die Männer des Dorfes waren fast alle an der Front - nur Herr
Pache wurde freigestellt, er wurde auf dem Gutshof dringend
gebraucht. Seine Frau hatte mit ihm sechs Söhne und bekam - wie
auch meine Mutter - dafür das goldene Mutterkreuz verliehen.
Schon bald kamen die ersten traurigen Briefe in unser Dorf. Herr
Schücke hatte die schwere Aufgabe, die Briefe den Familien
zuzustellen, die von den im Krieg Gefallenen berichteten.

63

Die Mühlen von Müller Bruschke, der die Flucht nicht überlebte.

Erhard Weiß, Sohn des Großbauern Weiß, Erich Schwede, Graf Pückler - sie alle waren tot. Für die Familie Pache folgte ein Trauerbrief nach dem anderen. Es war eine Tragödie - vier ihrer Söhne fielen im Krieg.
So treckte auch das Ehepaar Pache am 23. Januar 1945 mit uns, unter der Leitung von Ernst Jähnel und Charlotte Stransfeld, nach Haunwang in Bayern.

Bis 1940 lebte die Familie Pache mit ihren sechs Söhnen Karl, Ernst, Richard, Emil, Paul und Fritz ein vorbildliches Familienleben am Gutshof des Grafen Pückler in Schedlau. Karl Pache war Gestütsleiter in der Pferdezucht von Beruf, er war stets die rechte Hand des Grafen. Nach 1940 mußten die vier ältesten Söhne an die Front nach Rußland.

Herr Bruschke, der Müller der Mühlen (siehe Fotos oben), überlebte die Strapazen des Flüchtlingstrecks nicht.

Als wir am 17. März 1945 Buch am Erlbach erreichten, fand dort auch das Ehepaar Pache mit uns seine zweite Heimat.

Zwei Söhne der Paches überlebten den Krieg, einer starb kurz nachdem er schwerkrank aus langen Jahre in Kriegsgefangenschaft heimkehrte. Nur ein Sohn war den Paches geblieben, er gründete in der Nähe seiner Eltern eine Familie. Und seine Eltern wurden sogar noch Großeltern!

64

Anne Frank

Das Jahr 1946

1946 erschien *Anne Franks Tagebuch*.
Ihr Tagebuch war tief beeindruckend – und zugleich erschreckend.
Kurz vor Kriegsende wurde sie entdeckt, die "Grüne Polizei" fiel
in ihr Versteck im Hinterhaus ein. Sie starb im Alter von nur
16 Jahren im Konzentrationslager Bergen-Belsen, acht Wochen vor
Kriegsende.

Nachkriegsjahre

Wir Flüchtlinge versuchten alle möglichen Nahrungsquellen zu
erschließen. Zur Beerenernte gingen wir auf den Stommerberg im
Haunwang und suchten Himbeeren, im Herbst Brombeeren. Wir
waren damals ständig auf den Beinen. Man mußte schon in aller
Frühe aufstehen, denn wer zu spät kam, wurde nicht mehr fündig.

Der Krieg war zwar zu Ende, doch natürlich war die Trauer um die
verlorenen Familienangehörigen groß. Und Lebensmittel waren
äußerst knapp. Rentenzahlungen wurden eingestellt. Die Wohnungsnot
war groß, das Problem schier unlösbar. Hilfe kam durch ein großes
"Care-Paket" aus den USA.
Ich hatte großes Glück, denn die Kleidergrößen und Farben waren
für meine älteren Schwestern Waltraud und Hildegard nicht geeignet
und genau richtig für mich. Für meine jüngste Schwester war ein
schwarzes Kleidchen dabei, was ich ihr passend als Konfirmationskleid
umnähte und sie sah recht nett darin aus.

65

Das Grab von Anne Frank heute

Das Jahr 1947

Wie überall mußte man sich sehr um eine Lehrstelle bemühen. Ich wollte gern Schneiderin werden. Um diesen Lehrplatz bemühten sich in Buch zum Erlbach unzählige Mädchen. Die Nähmaschine mußte die Bewerberin mitbringen. Zum ersten Mal in meinem bisherigen Leben hatte ich Glück. Unsere Hauswirtin, Frau Winner, die mich sehr mochte, verhalf mir zu einer Nähmaschine. In aller Frühe stand ich auf und pflückte ein Körbchen Walderdbeeren und ich bekam den Lehrplatz bei Frau Charlotte Adam!

1947 begann also ein neuer Lebensabschnitt für mich. Frau Charlotte Adam kam aus Breslau, sie kannte die Flucht, Not und Elend sehr gut. Als ich mich ihr vorstellte und ihr das Körbchen mit den Walderdbeeren reichte, war die sonst strenge Schneidermeisterin sichtbar gerührt. Sie meinte: "Wenn Du noch eine Nähmaschine mitbringst, dann möchte ich Dir Deinen Wunsch erfüllen." Freudig lief ich die 3 km lange Wegstrecke nach Hause zurück und begegnete Frau Winner, unserer Hauswirtin. Sie bemerkte meine Freude und fragte nach, so erzählte ich ihr von meinem Berufswunsch und der Lehrstelle bei Frau Adam. Nur noch eine Nähmaschine fehlte zum Glück. Frau Winner lachte richtig herzlich und sagte: "Käthel, frage Frau Adam nach einem Anzugstoff für meinen Sohn. Er ist seinem entwachsen und braucht bei seiner Heimkehr aus der Gefangenschaft einen neuen Anzug." Frau Winner bekam den Anzugstoff - und ich bekam den Lehrvertrag.
Trotz der 20 Mädchen, die bei ihr auf der Warteliste standen!

66

Die Hochzeit meiner Schwester Waltraud brachte mich 1951 nach Gehrden

Mein Neuanfang 1951

Ausgestattet mit dem soliden Schneiderberuf und einem sehr guten Abschlußzeugnis, einem kleinen Koffer mit Utensilien und mit etwas Kleingeld im Portemonnaie, verließ ich meine zweite Heimat und begab mich auf den Weg in meine dritte Heimat – von der ich noch nicht wußte, das sie es werden würde. Ich war neunzehn Jahre alt und stand hier mit meiner Mutter, die wie ich nur auf einen Besuch bei meiner großen Schwester eingerichtet war, am Nedderntor in Gehrden. Meine große Schwester erwartete ihr erstes Baby, so war sie damals recht erfreut, das ich bei ihr blieb. Als erstes habe ich mir eine Nähmaschine – leihweise – in ihre Stube geholt und begann, ihre Umstandskleider zu nähen.

Nach schon drei Wochen fielen meiner Schwester und meinem Schwager die Decke auf den Kopf...sozusagen...da entschloß ich mich, Hausschneiderin hier im Ort zu werden. Als am 3. März ihr Sohn Udo geboren wurde, gab es täglich große Probleme auf der nur 20 qm kleinen Wohnfläche.

Ich kam durch meine Arbeit in die Wohnung des Hauswirts. Somit hatte er eine Lösung für unser Wohnproblem. Er machte in Eigenarbeit, ohne viel Aufwand, eine Bodenkammer auf dem Wäscheboden für mich zurecht! Es war sehr klein, aber ich hatte es für mich allein, hatte mein eigenes Bett, wenngleich auch ohne Ofen, aber nebenan war ein Raum mit einer Toilette. Und ein Waschbecken, jedoch waren die Wasserleitungen in der kalten Jahreszeit oft eingefroren. So war das, damals, 1952, hier...

67

Die Hochzeitsgesellschaft von Hans-Günthers Heirat

Ich wohne hier in Gehrden seit nun fast 52 Jahren. Im Spätsommer 1951 kam ich vom schlesischen Schedlau über Haunwang bei Buch am Erlbach nach Gehrden. Hier begann das neue Leben, aber es wurde uns nichts geschenkt. Mit vielen Entbehrungen kauften wir uns hier eine Eigentumswohnung. Ursprünglich kamen meine Mutter und ich hierher, um die Hochzeit meiner Schwester Waltraud mit Herrn Otto Pohl zu feiern. Nach der kirchlichen Trauung in der Margarethen-Kirche feierten wir im Hause Hochzeit. Mein Tischherr Herbert Scholz, ein Weißdorfer, Nachbar von meinem Schwager, wohnte mit seinen Eltern und seiner Schwester Edith hier im Ort in der alten Mühle. Und so lernte ich Gehrden kennen und entschloß mich, hierzubleiben, Muttel fuhr allein wieder zurück.

Käthe und Hubert

Hubert kam zwei Jahre nach mir nach Gehrden. Wir lernten uns am 5. Juli 1956 kennen und genau an diesem Tag heirateten wir zwei Jahre später. Wo die jungen Leute in Gehrden hingingen, um sich zu unterhalten, das wußte ich, da ich ja schon zwei Jahre vor Hubert in Gehrden lebte. Hubert und ich gingen gerne tanzen, wir trafen uns oft in der schönen Aussicht, um mit ehemaligen Schlesiern zu feiern. Nach der Eheschließung zog mein Mann Hubert zu mir in die Wohnung am Neddertor. Im Jahre 1959 wurde unser Sohn André geboren. Karl und Martha Klewin aus Leipzig wurden nun Großeltern. Als im Jahre 1967 unsere Tochter Silke geboren wurde, machte Hubert sich als Malermeister selbständig.

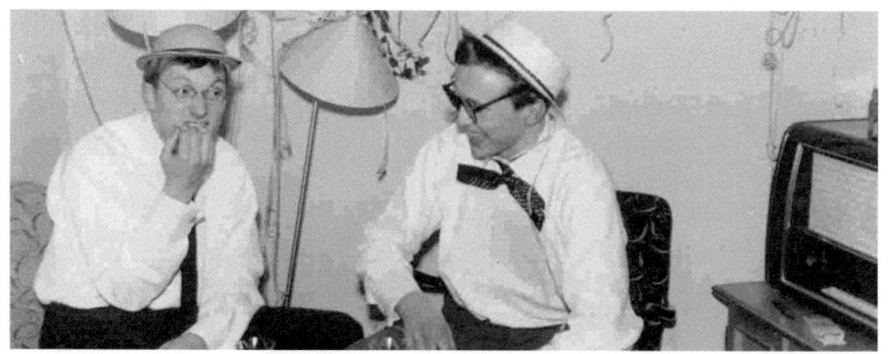

Horst Müller (l) Hubert Klewin (r) und bei einer Silvesterfeier in Gehrden

An alle im Jahre 1946 konfirmierten

Liebe Jubilare, bei allen Jubiläen jetzt!
Krieg und Nachkrieg spielen eine große Rolle. Mit meiner Konfirmation 1946 wurde das Leben erst wieder "normaler". Der Schulunterricht begann wieder für uns Flüchtlingskinder aus Schedlau in Kronwinkel, Kreis Landshut, und es gab damals Schulspeisung. Lebensmittel gab es auf knappen Karten. 100 g Butter, 150 g Fleisch und die Brotration waren nicht ausreichend, um den Hunger zu stillen. Wir Flüchtlinge fanden die Lebensmittel in der Natur - Schlehen, Blaubeeren, Walderdbeeren, Löwenzahn und was die Natur zu den entsprechenden Jahreszeiten uns so bot. Wir Kinder der Familie Arndt halfen bei den Bauern für eine warme Mahlzeit. Meine jüngsten Brüder hüteten die Kühe auf den Weiden für eine gute Brotzeit als Lohn.
Die Lebensmitteversorgungl auf dem Lande gelang besser als in den Städten. Der Abschied der D-Mark! Sie half uns aus der Not der Nachkriegsjahre.

Für alle, die vor 1946 geboren wurden

Wir wurden vor der Erfindung des Fernsehens, des Penizillins, der Schluckimpfung, der Tiefkühlkost und des Kunststoffes geboren und kannten Kontaktlinsen und die Pille noch nicht! Wir waren schon da, bevor Kreditkarten, Telefaxgeräte, die Kernspaltung, und Laser im täglichen Gebrauch waren. Wir wurden mit Schiefertafel und Schwamm unterrichtet. Radar gab es noch nicht - wir nannten es das Funknetzverfahren. Es gab noch keine Geschirrspüler, Wäschetrockner, Klimaanlagen und Last-Minute-Flüge.

69

Sophie und Hans Scholl, Alexander Schmorell

Der Mensch war noch nicht auf dem Mond gelandet. Wir haben erst geheiratet und dann zusammen gelebt. Briefe haben wir mit 10-Pfennig-Briefmarken frankiert. Wir liefen auf der Straße herum, wo man Eis und eine Tüte Studentenfutter für fünf Pfennige bekommen konnte. Die ganze Entwicklung haben wir über uns ergehen lassen, das Dritte Reich, den Krieg, die Luftangriffe, die Flucht und das ersehnte Ende des Diktators Adolf Hitler. Ist es ein Wunder, das wir manchmal etwas konfus erscheinen? So muß wohl die Kluft zwischen den Generationen entstanden sein.

Die weiße Rose

Im Frühjahr 1942 fanden sich die ersten Mitglieder der weißen Rose in München zusammen. Mutige Studenten im Widerstand, für Sophie Scholl und ihren Bruder Hans Scholl sowie Alexander Schmorell begann ein aktiver Widerstand gegen das Nazi-Regiem. Freunde entwarfen, vervielfältigten und verteilten Flugblätter gegen den Krieg. Mit ihren Aktionen wandten sie sich vor allem an Studenten, Hochschullehrer und Intellektuelle. Für die Studentin Marie, die jüngere Schwester von Sophie Scholl, begann in München ein aufregendes Leben. Sie war mit 21 Jahren volljährig, hatte ihr Abitur bestanden und eine Lehre als Kindergärtnerin erfolgreich absolviert. An der Universität in München studierte sie Biologie und Philosophie. Zusammen mit ihrem Bruder Hans, ebenfalls ein Freund der Medizin, wohnte sie in Schwabing, München.

70

Verurteilung der Widerstandskämpfer

Es tauchten zu dieser Zeit die ersten Anti-Kriegs-Flugblätter der Weißen Rose auf. Sophie verglich die Textinhalte der Flugblätter mit den Texten, die sie bei ihrem Bruder auf dem Schreibtisch vorfand. Nach einer Auseinandersetzung mit ihrem Bruder, dessen Freunden Alexander Schmorell und Christoph Probst, schloß sie sich der Widerstandsgruppe an. In ihren Briefen an ihren Geliebten erwähnte sie die illegale Arbeit der Untergrundbewegung mit keinem Wort. Bemerkenswert war lediglich, das ihre Zeilen zorniger und ihr Ton bitterer wurde. "Das höchste Ziel ist nur die Macht, das Herr-Sein, woran sie sich mit engstirniger Borniertheit festbeißen, ohne sich darüber im Klaren zu sein, warum, und wofür die Macht" schrieb sie an ihren Verlobten. Fritz berichtete vom Grauen an der Front in Stalingrad. "Vor einigen Tagen sah ich auf einer etwa 3 km langen Strecke 15 - 20 tote Russen neben der Straße liegen, die einige Tage zuvor noch nicht da lagen, als ich dieselbe Strecke fuhr." "Der junge Berufssoldat habe einen existentiellen Zwiespalt erlebt" analysierte der Historiker Sylvester Lechner. "Einerseits hatte Hardnagel einen Eid auf den Führer geschworen, andererseits erkannte er im zunehmenden Maße, daß er einem verbrecherischen Krieg diente". Als Fritz zum Hauptmann befördert wurde, schüttete er Sophie sein Herz aus: " Du wirst Dir denken können, mit welch zweifelhaften Gefühlen ich diese Nachricht aufnahm. Nun bin ich wieder eine Stufe weiter in das System gedrängt worden, dem ich am liebsten den Rücken kehren möchte. Ich komme mir vor wie eine Puppe, die nach Außen etwas darstellt, was sie im Innersten gar nicht ist."

Berufssoldat Fritz Hartnagel

Sophie antwortete ihm:" Oh, wie wirst Du aufatmen, wenn alles so weit ist." Die Namenswahl der "Weißen Rose" ist bis heute ungeklärt. Wahrscheinlich war das Symbol eher poetisch und künstlerisch als politisch zu verstehen. Im Herbst 1942 durchlebte die Studentin eine Krise. Sie leistete einen achtwöchigen Arbeitsdienst in der Fabrik, eine schreckliche und seelenlose Beschäftigung. Sie sorgte sich um Fritz und ihren Bruder Hans, der inzwischen nach Rußland versetzt wurde. Außerdem fühlte sie sich zu Alexander Schmorell hingezogen, dem eleganten und künstlerischen Sohn eines russischen Arztes. "Oh, wie ekele ich mich vor mir selbst, wie lächerlich verzerre ich mein Bild..." weinte die innerlich zerrissene in ihr Tagebuch.Trostlos und traurig klangen auch ihre Zeilen an Fritz: "Jedes Wort wird, bevor es gesprochen ist, von allen Seiten betrachtet, ob auch kein Schimmer von Zweideutigkeit an ihm haftet. Das Vertrauen zu anderen Menschen muß dem Mißtrauen und der Vorsicht weichen," klagt sie "schon lange habe ich keine Post mehr bekommen. Ich möchte einmal wieder mit Dir durch den Wald laufen, oder egal wo. Doch das steht noch in den Sternen, in der Ferne, wenn auch nicht in der unerreichbaren..." träumt sie. "Die ersehnten Lebenszeiten lassen manchmal wochenlang auf sich warten. Du glaubst gar nicht, wie lange und wie sehr ich auf Post von Dir gewartet habe und welche Befürchtungen und Vermutungen ich in dieser Zeit ertragen habe." "Könntest Du spüren wie dankbar ich Deiner gedenke, sooft mir nur ein paar Minuten bleiben. Dann empfinde ich es immer so seltsam und beruhigend, wenn ich mich zu Dir wenden darf, grade wie ein klarer Sternenhimmel über einem

Zeitzeugin Elisabeth Hartnagel heute. Sie ist die 1 Jahr jüngere Schwester von Sophie Scholl und heiratete nach dem Krieg Fritz Hartnagel

zusammengeschossenen Dorf." Diese Gedanken schickte Fritz Hartnagel seiner Freundin am 27. Juli 1942, während seine Kompanie gen Stalingrad marschierte. Am 22. Februar 1943 schrieb er ihr folgende zärtliche Zeilen: "Wieder hat mich heute ein Gruß erreicht, von dem mir als erstes zarte, lilarote Rosenblätter in den Schoß fielen, und wie ich dann Deinen Brief halte und dazu die Sonne ganz schön warm zum Fenster hineinscheint. Muß da nicht der Frühling bei mir einkehren? Und wenn ich nicht zu früh oder ohne jeden Urlaub an die Front geschickt werde, dann werden wir diesen Frühling sogar gemeinsam erleben dürfen." An diesem Montag werden Sophie Scholl, ihr Bruder Hans sowie Christoph Probst wegen landesverräterischer Feindbegünstigung, Vorbereitung zum Hochverrat und Wehrkraftwidersetzung verurteilt und hingerichtet. Gegen 17 Uhr schreitet Sophie als erste zum Schafott. Bevor ihr Hans folgt, ruft er durch das Gefängnis in München-Stadelheim: "Es lebe die Freiheit!" Todesurteile wurden in einem zweiten Prozeß vor dem Volksgerichtshof auch gegen Kurt Huber, Willi Graf und Alexander Schmorell verhängt. Andere Mitglieder der Weißen Rose bekamen lange Haftstrafen. Die Liebe zwischen Sophie Scholl und Fritz Hartnagel begann 1937, vor Sophies Studium.
Am 22. Februar, dem 60. Todestag der Freunde, veranstaltete das Dokumentationszentrum Ober-Kuhlberg in Ulm eine Lesung aus den Briefen. Die ein Jahr jüngere Schwester von Sophie, Elisabeth Hartnagel Scholl, wählte dafür die Texte aus. "Fritz und Sophie hatten eine innige Liebesbeziehung" erzählte die heute 82-jährige Stuttgarterin.

73

Der Führer und seine viel zu jungen "Kinder-Soldaten"

Die Briefe öffnen einen Blick in die Gefühlswelt des Paares" meinte Silvester Lechner, Leiter des Ulmer Dokumentationszentrums. Der Briefwechsel zeugte von einer tiefen, vertrauten Liebe, allerdings gedämpft von den gegenwärtigen Sorgen. Die Liebenden schwankten zwischen Hoffnung und Resignation, sie sprachen sich gegenseitig Mut zu und träumten von einer gemeinsamen und glücklichen Zukunft und einer gerechten Welt.Nach dem Krieg heiratete Fritz Hartnagel die ein Jahr jüngere Schwester von Sophie, Elisabeth Scholl.

Kriegslieder und Kriegsgedichte

Aus einem Kalenderblatt:

Gib denen, die hungern, von Deinem Reis.
Gib denen, die leiden, von Deinem Herz!

Kriegslied

Matthias Claudius

S´ ist Krieg! S´ ist Krieg! Oh Gottes Engel wehre
Und rede Du darein!
S´ ist leider Krieg und ich begehre,
nicht Schuld daran zu sein.

74

Landwirtschaft in Schedlau

Was soll ich machen, wenn im Schlaf mit Grähmen
und blutig, bleich und blaß,
die Geister der Erschlagenen zu mir kämen
und vor mir weinten, was?

Wenn wackere Männer, die sich Ehre suchten,
verstümmelt und halbtot,
im Staub sich vor mir wälzten
und mir fluchten in ihrer Todesnot?

Wenn tausend Väter, Mütter, Bräute
So glücklich vor dem Krieg,
nun allen Elend, alle armen Leute
wehklagen über mich?

Wenn Hunger, böse Seuch und ihre Nöten
Freund, Freund und Feind ins Grab,
versammelten und mir zur Ehre krähten,
von einer Leich herab?

Was hilf mir Korn und Land und Gold und Ehr,
die könnten mich nicht freun.
S´ìst leider Krieg und ich begehre,
nicht Schuld daran zu sein.

Heuernte

Die Weber

Heinrich Heine

Im düsteren Auge keine Träne,
sie sitzen am Webstuhl und fletschen die Zähne:
Deutschland, wir weben Dein Leichentuch,
wir weben hinein den dreifachen Fluch -
wir weben, wir weben!

Ein Fluch dem Götzen zu dem wir gebeten
In Winterkälte und Hungersnöten.
Wir haben vergebens gehofft und geharrt,
er hat uns geäfft, gefoppt und genarrt -
wir weben, wir weben!

Ein Fluch dem König, dem König der Reichen,
den unser Elend nicht konnte erreichen,
der den letzten Groschen von uns erpresst,
und uns wie Hunde erschießen lässt -
wir weben, wir weben!

Ein Fluch dem falschen Vaterlande,
wo nur gedeihen Schmach und Schande,
wo jede Blume früh geknickt,
wo Fäulnis und Mader den Wurm erquickt,
wir weben, wir weben!

76

Rainer Maria Rilke

Das Schiffchen fliegt, der Webstuhl kracht,
wir weben emsig Tag und Nacht,
Altdeutschland, wir weben Dein Leichentuch,
wir weben hinein den dreifachen Fluch -
wir weben, wir weben!

Gedicht über den Krieg

Rainer Maria Rilke

Nur wer die Leier schon hob
Auch unter Schatten,
darf das unendliche Lob
ahnend erstatten.
Nur wer mit Toten vom Mohn aß
Von dem ihren,
wird nicht den leisesten Ton
wieder verlieren.

Mag auch die Spiegelung im Teich
Oft uns verschwimmen:
Wisse das Bild.

Erst im Doppelbereich
werden die Stimmen
ewig und mild.

77

Joseph von Eichendorff

Das zerbrochene Ringlein

Joseph von Eichendorff

In einem kühlen Grunde,
da geht ein Mühlenrad,
mein´ Liebste ist verschwunden,
die dort gewohnet hat.

Sie hat mir treu versprochen,
gab mir ein´n Ring dabei,
sie hat die Treu gebrochen,
das Ringlein sprang entzwei.

Ich möchte als Spielmann reisen,
weit in die Welt hinaus,
und singen meine Weisen,
und gehen von Haus zu Haus.

Ich möchte als Reiter fliegen,
wohl in die blut´ge Schlacht,
um stille Feuer liegen,
im Feld bei dunkler Nacht.

Hör ich das Mühlrad gehen,
ich weiß nicht, was ich will
möchte ich am liebsten sterben,
da wär´s auf einmal still!

Die alte Dorfstrasse in Schedlau

Ein Wiedersehen in Schedlau 1998

Im Spätherbst 1998 gab es das erste Mal ein Wiedersehen im Dorf Schedlau nach der Flucht. Mein Mann Hubert, mein Sohn André und dessen polnisch sprechender Freund Chris und ich machten eine Reise nach Schlesien. Die Stadt Falkenberg war für die drei Männer sehr interessant. Wir aßen dort gut zu Mittag und verbrachten einen wunderbaren Tag. Wir fuhren Richtung Ziegelei, am Rosenberg links an der Ziegelei vorbei und schon bald hatten wir das Wäldchen, die Addeln, erreicht. Schnell waren wir aus dem dunklen Wald herausgefahren und schon lag das Dorf vor uns. Wir fuhren etwa einen Kilometer die Chaussee entlang und erreichten die Kreuzung Kirche und die Schule. Nach links bogen wir in die Straße des Dorfes, an der einst links und rechts die wunderschönen, in hufeisenform angelegten gepflegten Gutshöfe standen, die wir 1945 verlassen mussten. Alle drei Männer wurden enttäuscht: Ich rief in der Mitte der Dorfstraße:" Hier ist mehr als 500 Jahre Arndts Zuhause gewesen!". Die Gebäude der Bauern und die des Grafen Pückler sind im Krieg zum Teil zerstört worden. Der Schloßpark an der Steinau gelegen war verwildert und zugewachsen. Ich suchte das märchenhaft schöne Schloß des Grafen Pückler leider vergebens...es wurde im Krieg zerstört. Am Forsthaus angekommen schien die Sonne und der Himmel färbte sich blau, ach, war das schön für mich, endlich wieder einmal die Luft in den Tatabergen zu atmen. Ich erzählte meinen lieben Mitreisenden: " Hierher kam ich, ins Försterhaus Grasse und holte den Tannenbaum zum Weihnachtsfest. Auf einem Schlitten brachte ich ihn nach Haus. Und der viele Schnee, ach wie taten mir die Hände weh!

79

Gemeinsamer Spaziergang durch Schedlau

Aber zuhause dann, in der guten Stube am heiligen Abend war bei mir die Qual mit der Kälte vergessen. Und beim Gänsebraten mit schlesischen Klößen und selbstgemachtem Blaukraut, ach wie war das schön in unserer kinderreichen Familie als Vater noch lebte!".

Abschied nehmen tut weh!

Je älter ich werde - ich bin jetzt 72 Jahre alt - um so mehr liebe Menschen sind von mir gegangen. Abschied nehmen tut weh! Zuerst starb mein Vater, dann meine Schwester Hildegard, Ewald, Muttel, Waltraud, Schwiegervater, Schwiegermutter, Charlotte und Wolfgang, Annemarie, Ilse und, und, und. Unsere Zukunft ist ein schweigendes Land.

"Immer enger, leise, leise,ziehen sich die Lebenskreise, schwindet hin, was prahlt und prunkt,schwindet hoffen, hassen, lieben,und ist nichts in Sicht geblieben als der letzte dunkle Punkt"

Theodor Fontane

80

Wandern durch das Gutsgelände

Schlesische Mohnklöße

Gehrden, 20.12.2002. Momentan scheint die Sonne warm auf den Eßplatz, als kündigte sie den Frühling an. Wir haben zwar nachts noch Minusgrade, aber für die weihnachtliche Romantik fehlt doch der Schnee. Da wandern die Gedanken von uns alten Schlesiern in die Heimat zurück. Unvergesslich bleiben die schlesischen Mohnklöße. Die überbrühten Mohnklöße stellte meine Mutter zum Kühlen nach draußen in den Schnee, wo die Schüssel nach kurzer Zeit ein Loch im Schnee hinterließ.

Nach der Weihnachtsbescherung sollte ich die Schüssel von draußen hereinholen. Als ich sie umfaßte, war sie zu eiskalt für meine kleinen Hände, und ich schaute erstaunt auf das tiefe Loch im Schnee, das die heiße Schüssel hinterlassen hatte, der weiße Schnee war geschmolzen. Als ich die Geschichte meiner Familie erzählte, liefen meine kleineren Geschwister hinaus, um das Loch zu bestaunen. Das blieb uns Kindern hier in Norddeutschland vorenthalten.

Das schlesische Landleben prägte unser natürliches Leben und somit war kein Platz in unseren Kindsköpfen für spinnerte Gedanken.

Vielleicht fahren wir mit der Familie mit Tochter Silke im Sommer 2003 nach Schlesien. Standort Schedlau, von dort nach Falkenberg, Oppeln und weiter nach Breslau.

Im Juli 2003 hätte ich Lust zum Schlesier-Treffen nach Nürnberg zu fahren. Mal schauen, wer aus Schedlau beim Treffen in Nürnberg dabei sein wird.

81

Zufälliges Zusammentreffen mit ehem. Schedlauern vor dem Eingang zur Schedlauer Kirche

Das Rezept für schlesische Mohnklöße

Zutaten:

1/2 Liter Milch, 4 EL Zucker, 5 EL Rum, 250 g gehackten Mohn, 40 g Sultanien, 40 g gehackte Mandeln, 12-15 Semmelscheiben oder Zwieback

Vorweg sei gesagt: Schlesische Mohnklöße sind keine Klöße, auch wenn der Name das sagt. Sie repräsentieren mit ihrem Namen ein wenig von dem schlesischen Schalk - und damit basta!
Mohn zog sich jeder Landwirt selbst auf seinen Feldern. Die fertigen Mohnklöße kamen am Heiligen Abend erst nach dem Höhepunkt des Festes, wenn die Bescherung vorüber war, auf den Tisch.
Mutter brachte den halben Liter Milch zum kochen, mit 2 EL Zucker, und goß diese Milch über den gemahlenen Mohn in eine Schüssel mit Semmelscheiben, abwechselnd und schichtweise, die oberste Lage natürlich mit Mohn bestreut. Die heiße Schüssel stellte sie damals draußen vor die Tür zum abkühlen.
Jeder am Eßtisch bekam einen Teller mit einer Portion von dem köstlichen, kalten Nachtisch. Die Mohnklöße waren sehr sättigend, die gehackten Mandeln und Sultanien sehr kalorienreich.

Bei einem schlesischen Heimatabend hier in Gehrden trug ich das schlesische Gedicht vom Mohn vor:

"Saht ihr die Fahne schon Sommernachts im schlesischen Lande? Es ist der leuchtend blühende Mohn im schlesischen Lande!"

82

Das Haus der Arndts heute

Dichter und Gedichte aus der schlesischen Heimat

Joseph von Eichendorff schrieb nicht nur Gedichte, die zur schönsten deutschen Lyrik gehören, sondern auch Novellen, von denen "Aus dem Leben eines Taugenichts" über die Grenzen Schlesiens und Deutschlands bekannt wurde. Zur gleichen Zeit wie Eichendorff wurde in Breslau August Wilhelm Kopisch geboren (1799). An eines seiner bekanntesten Lieder sei erinnert: "Wer hat Dich, Du schöner Wald, aufgebaut so hoch dort droben?" oder "Wem Gott will rechte Gunst erweisen", "Markt und Straßen stehn verlassen".

Ein beliebtes Gedicht erinnert bereits seit einem Jahrhundert an ihn und seine geliebte schlesische Heimat:

"Ich ziehe durch die Gassen,
so finster ist die Nacht,
alles so verlassen,
hat's anders mir gedacht.
Am Brunnen steh ich lange,
der rauscht fort wie vorher,
kommt mancher wohl gegangen,
es kennt mich keiner mehr."

Ortseingang des damaligen Schedlau

Was ist eine Mutter?

Mütter sind Mauern, die stets ihre Kinder von der Außenwelt schützen wollen.

Mütter sind Menschen, die früh aufstehen, Dich wecken, damit Du die Schule nicht verpasst, das Du frühstückst und nichts liegenläßt.

Mütter sind Leute, die Dir bei Regenwetter Gummistiefel anziehen, daß Du einen Pulli brauchst wenn der Herbst beginnt und kühler weht der Wind,wenn Du heimkommst und drauf achtest, daß das Mittagessen fertig ist und danach die Hausaufgaben nicht vergisst.

Muttis kleben Dir Pflaster aufs Knie, wenn Du mit dem Fahrrad gefallen bist.

Wenn Du nach "Mutti" rufst, sind sie immer für Dich da.Wenn Du einen heißen Kopf hast, schon mißt sie Dir Fieber und schickt Dich ins Bett, macht Dir Wadenwickel. Bei Gefahr ruft sie den Arzt an und befolgt seinen Rat. Kauft Dir Süßigkeiten als Trostpflaster bei Bettruhe.

Mütter müssen Dich auch mal ausschimpfen, wenn Du gar nicht hören willst.

Eine Mutter hält fast immer die Familie zusammen.

84

Das Gut Schedlau heute

Der Euro kommt!

Es ist der 2. Januar 2002, das Kalenderblatt zeigt einen Dienstag. Der Beginn mit den neuen Münzen. Die Begeisterung der Bürger ist doch größer als angenommen. Viele Menschen warten gespannt darauf, bis sie das neue Geld in den Händen halten. Niemand sei gezwungen, sich am 1. Januar mit viel Geld einzudecken. Schließlich könne man noch bis Ende Februar mit der D-Mark in den Geschäften bezahlen und in Ruhe den alten Bargeldbestand aufbrauchen. Warum uns der Abschied der D-Mark so schwer fällt? Die D-Mark half uns aus der Not in der Nachkriegszeit. Der Abschied fällt mir persönlich und den Menschen in meinem Alter, die vor 1946 geboren wurden, schwer. Der Reichsmark weinten wir keine Träne nac, denn die Not und das Elend nach dem Krieg war groß. Und nun kommt also der Euro, für mich die dritte Währung in meinem Leben.

Ein historischer Tag - der 1. Mai 2004

Ein historischer Tag für Europa. Heute, Sonntag den 1. Mai 2004, 15 Jahre nach der Vereinigung Deutschlands, treten Europa 10 weitere Staaten bei und werden EU-Mitglied. 455 Millionen Menschen sind jetzt eine Gemeinschaft. Der größte Wirtschaftsraum der Welt entsteht. Die Gräben des Kalten Krieges werden nach Ansicht der führenden Politiker mit diesem Schritt überwunden. In ganz Europa gibt es Feierlichkeiten, darunter der Staats- und Regierungschef in Dullin aber auch im sächsischen Zittau im Dreiländerdreieck an der Neiße mit Bundeskanzler Gerhard Schröder, seinem tschechischen Amtskollegen Wladimir Spidla und dem polnischen Ministerpräsidenten

Die Kirche in Falkenberg heute

Leszek Miller. Bundeskanzler Schröder erwartet durch die EU-Erweiterung einen Wachstumsschub für die deutsche Wirtschaft. Der Beitritt der 10 neuen EU-Länder müsse als Chance begriffen werden, nicht als Problem, betonte Schröder. Jahrelang hatten Estland, Lettland, Litauen, Polen, Tschechien, die Slowakai, Ungarn, Slowenien, Zypern und Malta mit Brüssel verhandelt. Die 10 Neumitglieder übernehmen das komplette Regelwerk aus Brüssel. Übergangsfristen gibt es bei der Freizügigkeit für Arbeitnehmer aus den Beitrittsländern. Politiker und Wirtschaftsvertreter versuchen erneut, Bedenken zu zerstreuen. Der Zusammenschluß erleichtere die Kriminalitätsbekämpfung betonte Otto Schily. Schröder sagte: "Natürlich werden wir einen Wachstumsschub bekommen, wenn sich die Märkte dort entwickeln." Die wirtschaftliche Angleichung werde zur Folge haben, das die Lohndifferenzen sich einebnen. Bundespräsident Johannes Rauh bezeichnete die Erweiterung als Chance der Jugend für die Gestaltung ihrer Zukunft.

"Persönlichkeiten werden nicht durch schöne Reden geformt, sondern durch Arbeit und eigene Leistung."

Albert Einstein

86

Kreuze auf den Gräbern der Kriegsopfer auf dem Schedlauer Friedhof

Gedanken zum Totensonntag 2003

Wir Christen gedenken an diesen Tagen der lieben Entschlafenen, und je älter wir werden, um so länger wird die Liste mit den Namen der Verstorbenen in der Familie. Die Gräber meiner Familie sind leider weit entfernt durch die Flucht von Schedlau und kaum noch zu finden auf dem Schedlauer Friedhof. Das Dorf bekam einen anderen Namen und die Menschen dort sprechen jetzt die polnische Sprache. Mein jüngster Bruder fand 1996 den letzten Grabstein und fotografierte ihn. Es war das Grab unseres Onkels Erdmann Arndt. Ich bin stolz auf den Namen Arndt, es ist ein altes Bauerngeschlecht, in dem die Wurzeln unserer Familie Karl Arndt liegen. Die neue Generation wird mir meine Archivierungsarbeit (hoffentlich) einst danken!

Sonntag, den 4. Juli 2004

Mein Mann fährt Fahrrad im Team "Stramme Kette", natürlich bei jedem Wetter, immer sonntags. So nutze ich heute morgen die Zeit, meine Erinnerungen an meine Kindheit in meiner schlesischen Heimat Schedlau aufzuschreiben. Vor einigen Tagen kam ich von einer Beerdigung hier in der Kleinstadt Gehrden. Die Pastorin Silke Appelkamp-Kragt hielt die Traueransprache im kurzen Lebenslauf der Verstorbenen. Ich selbst hatte sie kurz bei einer Familienfeier ihres neuen Lebensgefährten kennengelernt.
Die Hochzeitsfeier des Sohnes ihres neuen Lebensgefährten wurde im großen Stil gefeiert. Weil die Mutter des Bräutigams ganz plötzlich an Herzversagen starb, bat mich die Großmutter bei der

87

Käthe Klewin heute mit ihrem Bruder Hans-Günther Arndt

Hochzeitsfeier um Beistand. Ich gab ihr mein Wort und tat mein möglichstes an dem Ehrentag ihres Enkels. 10 Jahre waren inzwischen vergangen und heute schlage ich die Zeitung auf und lese die Todesanzeige, aufgegeben von ihrem Ehemann. Es kam mir sofort in den Sinn, dabei zu sein und dieser einsamen Frau auf ihrem letzten Weg auf Erden zu begleiten. Wenige Nachbarn aus ihrer Straße waren bei der Trauerfeier dabei. Aber die Pastorin sprach dennoch bewegende Worte im kurzen Lebenslauf der 63-jährigen Frau. Gleich zu Beginn sprach sie vom Flüchtlingskind, das im Jahre 1940 in Westpreußen das Licht der Welt erblickte. Die vierziger Jahre wurden vom Krieg bestimmt. Der Vater des kleinen Mädchens mußte in den Krieg ziehen und fiel an der Ostfront. Die Mutter - mit jungen Jahren schon Witwe - kam mit dem kleinen Mädchen nicht allein zurecht und gab es zu Adoptiveltern, die es jedoch etwas lieblos aufnahmen und viel Arbeit von diesem kleinen Geschöpf verlangten. Es konnte sich nicht zur Wehr setzen, niemand war da, um ihr zu helfen. So mußte sie von frühester Kindheit ohne Elternliebe aufwachsen. Nun, wer kann ermessen, was in dem Köpfchen dieses Kindes vorging? So erlebten ich ein ähnliches Schicksal wie Heidi Wolf, die zweite Frau von Horst Wolf, der ebenfalls aus Westpreußen ausgewiesen wurde. Im Team ihrer Familie erlebten die Zwillinge der Familie Wolf als Kinder die Greuelltaten der russischen Armee. Nur die Eltern der seinigen Familie blieb ihnen erhalten. Als Kinder sahen sie unglaubliche Geschehnisse, die sie bis heute nicht verarbeitet haben. Aber im Gegensatz zu seiner Frau aus zweiter Ehe war das kleine Mädchen in Westpommern ohne schützende

88

Spatziergang durch Gehrden: von rechts nach links: Herr u. Frau Hillbricht, Käthe Klewin, Frau Zajons mit Tochter Margret, Hubert Klewin, vorn: Armin Wolf und André Klewin.

Hände ihrer Eltern geblieben, sie war allein mit all ihren Ängsten und Sorgen. Sie war einsam trotz ihrer ersten Liebe und Ehe und ihren drei Töchtern, sie wurde schließlich als allein erziehende Mutter zurückgelassen. Ihr Mann und Vater der drei Töchter ließ sie zurück. Die Zeit der Enttäuschung und Not kehrte wieder. Wieder einmal hieß es für sie "Augen zu und durchhalten", ebenso wie für ihre Töchter. Sie arbeitete in der Altenpflege, was bedeutete, Kraft und Stärke zu geben, niemals zu klagen, nur durchhalten – die drei Töchter brauchten eine starke Mutter!

1994 begegnete ich dem erstgeborenen der Zwillinge, als zehntes von elf Kindern wuchs Horst in Westpreußen auf. Nach der Vertreibung aus Westpreußen begann für seine Familie ein neues Leben in Niedersachsen. Die Ereignisse von Krieg und Vertreibung fiel den Zwillingen der Familie leichter als den anderen Geschwistern. Die beiden waren beliebte und gute Sportler und einmalige Freunde im Clubhaus. Sie sahen sich zum verwechseln ähnlich. Schnell hatten es zwei ortsansässige Mädchen auf die beiden abgesehen. Die beiden jungen Mädchen erschienen stets im schmucken Dirndl, doch da auch ich neu im Team war, bemerkten sie meine Gegenwart ebenfalls. Ich war neu am Ort und hatte einen soliden Beruf als Schneiderin. Von nun an nähte ich ihre hübschen Kleider, für die Braut des Zwillingsbruders sogar das Brautkleid, später auch noch das Umstandskleid. In heiteren und in traurigen Tagen bleiben wir Freunde. Die Zwillinge waren oft froh und heiter. Jetzt im Alter kommen die traurigen Erlebnisse von damals öfter zur Sprache, die Erinnerungen ihrer Kindheit, unserer Kindheit.

89

Schlesiertreffen 1972 in Hannover: Erika Schwedes Gesicht (rechts) wird zum Teil durch das Schild "Schedlau" verdeckt

Von rechts nach links: Cousine Edith Adler, Käthe Klewin und ihr Bruder Adolf Arndt

Jetzt im Alter können wir unseren Kindern von unserer verlorenen Kindheit erzählen, und trotz Kriegserlebnissen und Entbehrungen gingen wir mit Bravour durchs Leben. Wir alle, die vor 1946 geboren wurden, sind laut Statistik eine gesunde Generation. Wir haben alles überlebt, in "Guten und in Schlechten Zeiten". Kein Wunder, wenn wir heute manches mal konfus auf die Jugend von heute wirken. Wir haben schließlich viel dazu beigetragen, daß sie jetzt mehr Freizeit haben und manchmal undankbarer sind, als wir es jemals waren. Jede Zeit hat seine Zeit und die Uhren ticken zu jeder Zeit gleich...

Freude auf das Wiedersehen

Im Jahr 2005 treffen wir uns wieder - alle, die im Krieg von 1939 bis 1945 noch Schulkinder waren und aus dem ehemaligen Schedlau stammen. Das große Schlesiertreffen wird dann wieder einmal in Hannover stattfinden. Darauf freue ich mich sehr und hoffe, daß ich noch viele Dorfbewohner dort antreffen werde. Jetzt, in meinem Alter, noch unter den Zeitzeugen des 20. Jahrhundert zu sein, ist ein Geschenk Gottes.

Beim Schlesiertreffen 1972 in Hannover (siehe Bild oben links) sitzt Käthe Klewin links neben Erika Schwedes, deren Gesicht von dem Schild "Schedlau" halb verdeckt ist. Neben ihr sitzt Herr Gahl, Erikas Ehemann. Käthes Schwester Waltraud und die Tochter von Frau Pliefkes erzählen aus ihrem Leben.

90

Kapitel 4

Meine schönsten Gedichte

91

Ortsausgang des ehemaligen Schedlau

Meine schönsten Gedichte

Du machst den Tag

Es gibt keinen Grund, den Tag mit Zaudern zu beginnen.
Es liegt an Dir, ihn zu einem Guten zu machen.
Du hast es in der Hand, ihn zu erfüllen, ihm so viel Leben zu geben,
das er Dich bereichert!

Verschneiter Weg

Georg Battel, Goldmoor

Die Wälder dunkeln unterm Schnee,
Ein Schlitten klingelt, Hufe hämmern,
Das Lied mit dumpfen Takt ins Dämmern,
Und auf dem Wege schreckt ein Reh,
Scheu aus den Bahnen toter Gleise.
Die Tage gehen seltsam leise,
Auf reinen Flocken in der Zeit.
Bald ist auch unsere Spur verschneit.

"Wenn durch die Menschen ein wenig mehr Glück und Liebe und
Güte,ein wenig mehr Licht und Wahrheit in der Welt war, hat sein
Lebeneinen Sinn gehabt."

Alfred Delp

92

Ehepaar Klewin auf Spurensuche

Später

Später, wenn Stunden leise in Tage verfallen, Alter zu Stille zwingt,
Später, wenn Füße zu kraftlos, zu müde sind,
der Abwechslung nachzujagen,
Später, wenn plötzlich vieles verstummt, alles Laute zerrinnt,
dann wird sich manch einer fragen,
warum hab ich nicht damals erkannt,
das Später gleich beginnt -
Ich hätte früher aufgehört, "Später" zu sagen!

Winternacht

Joseph von Eichendorff

Verschneit liegt rings die ganze Welt,
ich hab nichts, was mich freut.
Verlassen steht der Baum im Feld,
hat längst sein Laub verstreut.

Der Wind nur geht bei stiller Nacht,
und rüttelt an dem Baume,
da rührt er seine Wipfel sacht
und redet wie im Träume.

Er träumt von kühner Frühlingszeit,
vom Grün und Quellenrauschen,
wo er im neuen Blütenkleid
zu Gottes Lob wird rauschen.

93

Urlaub in Bayern 1956 - Gretel und Käthe

Unser Leben

Johann Günther (1896 - 1984)

*Unser Leben ist nicht dazu da, daß wir es uns bequem machen.
Gewiß brauchen wir den Feierabend, den Sonntag, die Freizeit,
in der wir uns erholen. Aber alle Tage ein Leben in Ferien - das
wäre ein Schlaraffendasein, das doch langweilig würde!
Unser Leben ist uns geschenkt, das wir mit Gottes Hilfe etwas
daraus machen. Jeder hat seine besonderen Anlagen, und er wird
einst vor dem Ewigen, der uns beschenkt hat, Rechenschaft darüber
ablegen müssen, ob er seinen Platze und seiner Begabung
entsprechend tätig gewesen ist.
Nutze den Tag, nutze die Stunde.
 Für wen? Für Deine Mitmenschen*

Leben!

Eberhard Ehlert

*Allen Menschen einen Gruß,
die das Menschsein in sich fühlen.
Allen Völkern einen Kuß,
die der Welt den Frieden bringen.
Nur dem Leben laßt uns dienen.
Nur dem Glücke dieser Welt.
Nur auf ständig neuen Wegen suchen,
was zusammenhält.*

94

Die Kirche in Haunwang

Mein Herz hat einen Traum bewahrt

Eberhard Ehlert

Mein Herz hat einen Traum bewahrt,
im Rosenboot geht's um die Welt.
Alle Menschen an den Ufern lächeln freundlich,
die Hände des Gastgebers sind friedvoll,
wie die des Gastes.
Keiner kennt mehr Furcht und Hunger, Krieg und Not.
Sonnenstrahlen erreichen alle.
Im Rosenboot geht's um die Welt.
Mein Herz hat einen Traum bewahrt.
Jeden Tag schaufele ich ein Stück Traum herbei.

Wanderers Nachtlied

Johann Wolfgang von Goethe

Über den Gipfeln ist Ruh in allen Wipfeln,
spürst Du kaum einen Hauch.
Die Vöglein schweigen im Walde
Warte nur, bald ruhst Du auch!

95

Die schöne Gehrdener Kirche: links eine alte Skizze, rechts die Kirche von innen mit Blick auf den Altar

Mondnacht

Joseph von Eichendorf

Es war als hätt der Himmel
die Erde still geküßt,
das man im Blütenschimmer
von ihm nur träumen müßt.

Die Luft ging durch die Felder,
die Ehren wogten sacht,
es rauschten leis die Wälder,
so sternklar war die Nacht.

Und meine Seele spannte
weit ihre Flügel aus,
flog durch die stillen Nächte,
als flöge sie nach Haus.

Schiller

"Alle Kunst ist der Freude gewidmet,
und es gibt keine höhere und keine ernsthaftere Aufgabe,
als die Menschen zu beglücken!"

96

Gebürtige und ehem. Haunwanger

Umzug in Haunwang beim 50-jährigen Eichenlaubschützentreffen mit ehemaligen Haunwangern

Heimweh

Joseph von Eichendorff

Wer in der Fremde will wandern,
der muß mit den Liebsten gehen,
es jubeln und lassen die andern
den Fremden alleine stehn.

Was wisset ihr dunklen Wipfel,
von der alten, schönen Zeit,
Ach, die Heimat hinter den
Gipfeln,
wie liegt sie von hier so weit.

Am liebsten betrachte
ich die Sonne,
die schien wie ich ging zu ihr,
die Nachtigall hör ich so gerne,
sie sang vor der Liebsten Tür.

Der Morgen, das ist meine Freude,
da steig ich in stiller Nacht und Stund,
auf den höchsten Berg der Weite,
Grüß Dich, Deutschland,
aus Herzensgrund.

97

Die Burgstadt Gehrden, Käthe Klewins dritte Heimat

Was ich Dir wünsche

Klaus Bonhoeffer, Ostern 1945, Abschiedsbrief an seine Kinder

Was ich Dir wünsche - so steht es geschrieben an einer Kirchen-eingangstür in der Innenseite:

Gehe behutsam Deinen Weg inmitten des Lärms und der Hast dieser Welt, und vergiß nie, welcher Friede im Schweigen liegen kann.

Lebe danach, soweit als möglich ohne Dich selbst aufzugeben in guten Beziehungen zu anderen Menschen.

Verkünde Deine Wahrheit, ruhig und klar, Höre auch anderen zu, sogar dem Törichten und Unwissenden; auch sie haben ihre Geschichten.

Meide laute und aggressive Menschen. Sie bringen nur geistigen Verdruß.

Es ist möglich, das Du entweder stolz oder verbittert wirst, wenn Du Dich mit anderen vergleichst, denn immer wird es Menschen geben, bedeutendere und unbedeutendere als Du selbst.

Freue Dich des Erreichten genauso wie der Pläne, doch sei auf jeden Fall demütig; sei Du selbst.

Heuchele vor allem keine Zuneigung und spotte nicht über die Liebe.

98

Schlittenfahrten wie diese mit Pferd im schönen Schedlau

Weihnacht

Georg Bartel, Goldmoor/Kreis Falkenberg

Die Wolken wallen tief und schwer,
der Weg ins Schweigen ist weit, ist weit.
Die Welt hat keine Lichter mehr,
schwer wie die Wolken und stumm ist's Leid.

Die Bäume stehn im toten Wald,
es hat kein Mantel sie überschneit.
Wie ist das Dunkel liedleer kalt.
Arme der Finsternis breiten das Kleid, das Leid.

Ein Schrei zerschlägt die harte Nacht,
der Waldsee sprengt sein eisig Kleid.
Von Qual ist jeder Grund durchwacht.
Nächte der Sehnsucht - wie seit ihr so weit.

"An allem Unfug, der passiert, sind nicht nur die Schuld,
die ihn tun, sondern auch die, die ihn nicht verhindern."

Erich Kästner

99

Schnell und unerwartet verschied in hohem Alter unsere liebe Mutter,
Schwiegermutter, Oma, Uroma, Schwester und Tante

Frau Martha Arndt

geb. 18. 7. 1899   gest. 13. 12. 1987

In stiller Trauer:

Waltraud Pohl, Tochter, mit Familie
Gerhardt Arndt, Sohn, mit Familie
Ewald Arndt, Sohn, mit **Rüdiger**
Erich Arndt, Sohn, mit Familie
Käthe Klewin, Tochter, mit Familie
Margarete Burg, Tochter, mit Familie
Adolf Arndt, Sohn, mit Familie
Hans-Günther Arndt, Sohn, mit Familie

Landshut, den 15. 12. 1987
Marienburger Straße 17

Beerdigung am Mittwoch, dem 16. 12. 1987, um 13.30 Uhr im Hauptfriedhof.
Von Beileidsbezeigungen am Grab bitten wir Abstand zu nehmen.

Die Todesanzeige meiner Mutter Martha Arndt;
Sie starb in ihrer zweiten Heimat, in Landshut im Jahre 1987 im
hohen Alter von 88 Jahren.

Lange nach dem Tod unserer Mutter nehme ich jetzt jene Fotos
an, welche lange Zeit in irgend einer Schublage lagerten und erst
jetzt besinnlich von mir betrachtet werden.

All die Fotos sind der Schlüssel zu meinen Erinnerungen an die Zeit
vor dem Krieg, in unserem Dorf. Die Zeit, vor unserer Flucht, als
ich noch Kind sein durfte.
Erinnerungen an meine Jugend in meiner zweiten Heimat,
Erinnerungen an meine Berufsausbildung.
Und meine dritte Heimat - meine Selbstständigkeit am Neddertor
in Gehrden, der Umzug ins Teichfeld und die Zeit mit meiner
Familie, als Ehefrau und Mutter im Suerser Weg in Gehrden.
Stets hielt ich die Familie - die Malermeisterfamilie mit Tochter
und Sohn - zusammen.

Und alles war gut so.

100

Die unvergessliche Schedlauer Dorfkirche

Die Gehrdener Kirche

Zu guter letzt...

...bin ich froh, das das Codewort: Zitronenfalter, nach dem ich mein Buch benannt habe, nie zum Einsatz gekommen ist!
Als Kriegsgegnerin möchte ich abschließend noch sagen, daß wir unsere Umwelt, Mensch und Tier, so liebevoll behandeln sollten, wie sie es verdienen.

Ihre Käthe Klewin

102